D1729775

Udo Proske

2046

Udo Proske

2046

Der Niedergang einer alten Nation

Verlag Jos. C. Huber

Grafische Kunstanstalt Jos. C. Huber KG, Dießen

Schutzumschlag: Wolfgang Heinzel, München
Satz: Fotosatz Völkl, Puchheim
Gesamtherstellung: Jos. C. Huber KG, Dießen
Printed in Germany
ISBN 3-9804274-4-7

Vorwort

Im folgenden Roman sind für das Jahr 2046 eine Reihe von Zukunftsperspektiven dargestellt, wie sie sich aus dem Extrapolieren, dem Weiterdenken heutiger Entwicklungen, ergeben.
Im Vordergrund stehen die sich beschleunigenden Änderungen des demoskopischen Aufbaus unserer Gesellschaft und deren zukünftig resultierende soziale, ethnische, religiöse und politische Zusammensetzung.
Auf spektakuläre Darstellungen im Bereich der Technik wird verzichtet; gezeigt wird lediglich das mit großer Wahrscheinlichkeit Erreichbare.
Über Umweltprognosen sprechen viele. Bekannte Thesen wurden in die Handlung mit einbezogen.
Das Gebiet der Kunst wurde (fast) ignoriert; eine Richtung für diesen langen Zeitraum von fünfzig Jahren vorzugeben, dürfte kaum möglich sein.

Inhalt

Im Zeitraum Juni bis November des Jahres 2046 spitzen sich die Schicksale der beiden Hauptfiguren, des Mitgliedes des Bundestages Bahadir und des Ingenieurs Bachmeier, dramatisch zu.
Für den einen bedeutet diese Zeit vor und nach der Bundestagswahl einen kometenhaften Aufstieg, für den anderen einen Fall ins Sinnlose.
Verbunden sind beide durch Bachmeiers Schwester Laura, die Frau des Politikers. Zwischen den Kulturen stehend, fühlt sie sich nur selten glücklich, ähnlich ihren Freundinnen, die, kinderlos, ihre Unzufriedenheit in der Erlebniswelt zu vergessen suchen.

Freitag, 22. Juni

Heraus aus dem Chaos. Über die Autobahn fahren sie vom Flughafen München-Erding Richtung Deggendorf zu ihrem Haus im Bayerischen Wald. Die Züge aus München, mit denen sie früher oft gefahren sind, verkehren nur noch sporadisch, seitdem die Anschläge auf Gleisanlagen nahe dem Hauptbahnhof, aber auch in den Außenbezirken Münchens zunahmen und die Wagen der Züge von Maschinengewehrsalven extremer Gruppen getroffen wurden.

Peter Bachmeier, ein neunundvierzigjähriger Mann mit unauffälligem Fassonschnitt und ergrauten Schläfen, mit in Falten liegender Stirn und korrekter, aber nicht gerade aufsehenerregender Büroangestelltenkleidung, schaltet das Radio ein. Es ist gerade achtzehn Uhr.

Der Bayerische Rundfunk bringt Nachrichten.

DHAKA: Anhaltende Monsunregen in Nordindien und Bangladesch lassen den Ganges mehr als in den letzten Jahrzehnten über die Ufer treten. Es wird angenommen, daß sich jetzt die Wassermassen aufgrund der abgeholzten Wälder an den südlichen Hängen des Himalaja und an den Gebirgshängen zu beiden Seiten des Brahmaputra ungehemmt dem

Gangesdelta zuwälzen. Da gleichzeitig schwere Stürme aus Südwest das Wasser im Norden des Golfs von Bengalen ansteigen lassen und einen zügigen Abfluß des Ganges verhindern, sind die mit UNO-Hilfe errichteten Dämme am Unterlauf des Ganges an mehreren Stellen durchbrochen worden. Es wird mit Zehntausenden von Toten gerechnet werden müssen. Die Regierung von Bangladesch bittet um sofortige Hilfe und die Übernahme einer weiteren Million von Flüchtlingen durch die USA und Europa.

BERLIN: Auf dem Städtetag begrüßten die Bürgermeister die Initiative des Innenministers und des Verteidigungsministers, die Truppen des Bundesgrenzschutzes und der Bundeswehr aus den umkämpften Wohngebieten einiger Städte abzuziehen unter der Bedingung, daß die jeweiligen ethnischen Gruppen ihre Waffen abliefern. In Berlin selbst herrscht Ruhe. Auch die Sicherheitsmaßnahmen auf den Straßen zum Regierungsviertel konnten wieder aufgehoben werden.

MARSEILLE: Unbekannte Täter haben in der letzten Nacht eine kleine Brücke der Bahnstrecke zwischen Arles und Marseille gesprengt. Dank der elektronischen Alarmtechnik konnte der TGV, der an dieser Stelle normalerweise vierhundertfünfzig Kilometer pro Stunde fährt, abgebremst werden. Fünfzig Personen wurden verletzt.

TEHERAN: Der Wirtschaftsrat der nördlichen islamischen Länder, zu denen neben der Türkei und dem Iran alle ehemaligen islamischen Sowjetrepubliken gehören, hat beschlossen, das Öl der neuen

Ölfelder in Turkmenistan über eine weitere, neu zu erstellende Pipeline durch das Kaspische Meer über Baku zum Hafen Batumi am Schwarzen Meer zu pumpen. Die Möglichkeit, daß dadurch der Ölpreis wieder niedriger tendieren könne, sehe man nicht.

Laura sieht ihren Bruder an und merkt, daß er sich wieder ärgert.
Sie schaltet das Radio aus. »Weißt du, ich kann die Armenier und Georgier verstehen«, sagt er. »Hätte Georgien damals nicht die Sowjetunion verlassen, hätten die Türken es nicht gewagt, halb Georgien und Armenien zu besetzen und Muslime dort anzusiedeln. Den Fehler, den Rußland damals mit dem Sicheinverleiben von Tschetschenien, Dagestan und anderen ›-stan‹-Ländern beging, macht heute die muslimische Seite.«
Sie schaltet das Radio doch wieder ein und drückt mehrere Sendertasten, bis sie die Musik gefunden hat, die ihn wieder auf andere Gedanken bringen kann. Es ist ein Uralt-Dixieland.

Die Autobahn Richtung Bayerischer Wald ist, wie an jedem Freitag nachmittag, trotz des exorbitanten Benzinpreises stark befahren. Viele Münchner zieht es am Wochenende ins Grüne. Gab es früher die Karawanen von Autos zu den Seen im Süden oder für ein langes Wochenende sogar zum Gardasee oder bis zur Adria, so bevorzugt man jetzt die bewaldeten Gegenden.
Seitdem die Ozonschicht bis auf einen schmalen Gürtel um den Äquator zusammengeschrumpft ist,

verhindert die direkte Sonneneinstrahlung das Liegen und Sonnenbaden am Wasser. Die Hotels an den Stränden der Adria und der Riviera sind selbst jetzt im Sommer nur halb ausgebucht, und auch nur dort, wo kühlender Schatten von Bäumen zu finden ist.
Sie hatten Glück. Ihr Großvater hatte vor einem halben Jahrhundert diesen alten Bauernhof günstig gekauft und ihn dann später an Peter und sie vererbt.

Laura hatte sich früher so gut mit ihrem Bruder verstanden. Als sie aber vor zwanzig Jahren Kerim Bahadir kennenlernte und heiratete, kam es vorübergehend zum Bruch mit Peter und der alten Clique. Später hatte sie es dann nach Absprache wieder gewagt, Kerim und die drei Kinder mit auf den Hof zu bringen. Genügend Zimmer und Schlafmöglichkeiten waren vorhanden. Die Tatsache aber, daß die Kinder in das neue islamische Schulzentrum in Ismaning im Norden von München gingen, paßte Peter wieder nicht, obwohl er doch selbst aus der katholischen Kirche ausgetreten war.
Sie überqueren die Donau, die nur wenig Wasser führt, fahren noch ein Stück auf der Deggendorfer Stadtautobahn und biegen dann rechts Richtung Regen ab, vorbei an einer Wohnsiedlung, an gepflegten Ein- und Zweifamilienhäusern, umgeben von Obstbäumen, Ziersträuchern und Blumen. Und jetzt sehen sie auch in ein paar Kilometern Entfernung den Wald, ihren geliebten Wald.
Die Straße steigt kräftig an; bald sind sie umgeben von Mischwald, hohen alten Buchen, Eichen, Fich-

ten, Schwarzerlen, Eschen und Birken. Noch etwa zehn Kilometer Richtung Regen, und sie haben es geschafft.
Von der Landstraße biegen sie zuerst auf einen asphaltierten Weg ein, der sie an zwei Gehöften vorbeiführt. Der Asphaltstreifen endet, und nach weiteren dreihundert Metern Schotterweg, im zweiten Gang den Berg hochfahrend, stehen sie vor ihrem Bauernhaus.

Vanessa tritt aus dem Haus, begrüßt Peter und Laura mit »Da seid ihr ja endlich!« und gibt Peter einen Kuß, so wie der Begrüßungskuß einer Ehefrau nach ein paar Jahren Ehe nun mal ist. Dabei sind Vanessa und Peter gar nicht verheiratet. Ihr vor sechs Jahren begonnenes Verhältnis geht über in eine unausgesprochene und nicht definierte Partnerschaft.
Nachdem Peter die Taschen aus dem Wagen ins Haus getragen und sich im Bad etwas erfrischt hat, schließt er sich wieder den beiden Frauen in der Küche an. Er marschiert zielsicher auf den Kühlschrank zu, entnimmt ihm eine Flasche Weißbier und füllt langsam das Glas, dabei bedächtig darauf achtend, daß der über den Rand schauende Schaum nicht die Grenze seiner eigenen Stabilität übersteigt und an der Gefäßwand herunterläuft. »Jetzt kann das Wochenende beginnen.«

Sie bringen die Speisen ins Wohnzimmer. »Warum seid ihr so spät gekommen?«
»Alles wird langsamer«, antwortet Peter. »Die Airlines setzen auf den Kurzstrecken immer mehr mo-

derne Turbopropmaschinen ein, die erheblich weniger Sprit verbrauchen, dafür aber nur rund siebenhundert Kilometer pro Stunde fliegen gegenüber neunhundert wie früher, die Sicherheitskontrollen vor dem Abflug werden immer penibler, weil alle Flieger Angst bekommen haben seit dem letzten Anschlag, und auf der Autobahn dauern die Kontrollen und das Durchsuchen nach Waffen auch immer länger.«
Sie essen frische Tomaten aus dem eigenen Garten, Ziegenkäse, frisches Brot und trinken dazu eine Flasche Chianti. »Wenn der Opa das wüßte«, Peter konnte sich noch immer nicht beruhigen. »Der donnerte mit hundertachtzig Sachen über die Autobahn, und wir heute schaffen mit den gedrosselten Motörchen lumpige neunzig.«
»Was ärgert dich wirklich?« bohrt Vanessa.
Er muß lachen. »Die Nachricht schlug heute mittag bei unserer Besprechung in Toulouse wie eine Bombe ein. Die Regierungen in Berlin und in Paris haben die zugesagten Zuschüsse für die Neuentwicklung auf Eis gelegt. Wenn der neue Bundestag sich ab Oktober anders zusammensetzt, kann es sein, daß das ganze Projekt gestoppt wird.«
»Eure Triebwerke sind doch gut.«
»Zur Zeit ja, aber wenn wir jetzt nicht weiterentwickeln, dann haben in sechs Jahren die Chinesen und Koreaner die Nase vorn. Hätten wir doch nicht zwanzig Jahre lang mit denen kooperiert und unser Wissen weitergegeben. Jetzt können die alleine weitermachen zum weit geringeren Preis.«
Peter Bachmeier ist Projektleiter für die Entwick-

lung des neuen Zwölf-Tonnen-Mantelstromtriebwerkes, das für das geplante neue Mittelstreckenflugzeug der Airbusflotte vorgesehen ist.
»Wir gehen morgen golfen. Kommst du mit?« fragt er, den Blick auf Vanessa gerichtet.
»Kommt der Graml Lucki auch?«
»Wegen dem fahr' ich ja hauptsächlich hin.«
Allmählich entspannt sich Peters Miene.
München ist gelähmt. Bahadir, ein gutaussehender Endvierziger mit schwarzen Haaren und einem zusammengestutzten Schnauzbärtchen, das die Herkunft seines Trägers zwar erkennen läßt, gleichzeitig aber auch eine Bereitschaft zur Anpassung an eine andere Umwelt andeutet, versucht, sich einen letzten Eindruck von den Enklaven in München zu machen, die sich in den letzten Jahrzehnten gebildet haben.
Gemeinsam mit dem Zweiten Bürgermeister Esikli fährt Bahadir, der Bundestagsabgeordnete des Stimmkreises München-Mitte, in seinem Wagen über die Ludwigsbrücke und muß ein weiteres Mal vor einer Barrikade aus alten Lastwagen, Steinen und ausgehängten Wohnungstüren anhalten. Bahadir und der Bürgermeister zeigen ihre Ausweise, aber der Älteste der Wachen besteht darauf, daß ein Begleiter mitgenommen wird. Yussef steigt hinten ins Auto ein.
»Wir haben Haidhausen, Au und Giesing zusammengefaßt zu einer Festung«, sagt er auf türkisch, denn er hat den Bürgermeister erkannt.
»Kein Armenier oder Georgier oder deutscher Faschist oder Grieche wagt es mehr, uns hier hinter

den bewachten Barrikaden Nacht für Nacht mit Molotowcocktails aus dem Bett zu schrecken.«
»Leben Altdeutsche auch noch hier?«
»Ja, einige, aber die tun uns nichts. Es sind die Deutschen aus den Randgebieten in ihren Einfamilienhäusern, die gegen uns sind.«
Bahadir kennt die Verhältnisse recht gut. Seitdem vor drei Jahren die nächtlichen Angriffe immer heftiger geworden sind, haben sich Interessengruppen gebildet. Die Mehrzahl der Deutschen, außerdem Griechen, Italiener, Kroaten, Russen und sonstige christliche Minderheiten sind aus diesen Enklaven ausgezogen und haben Wohnungen getauscht mit Muslimen, die verstreut in Stadtteilen mit mehrheitlich deutscher Bevölkerung gelebt haben.
»Wie sind die Leute aus Bangladesch integriert?«
»Die will eigentlich keiner. Arbeit haben sie nicht, diese Analphabeten, und da leben sie von Sozialhilfe und Kindergeld.«
Sie fahren zum Ostbahnhof. Bahadir, Esikli und Yussef Hakan steigen aus dem Wagen, schreiten zum Haupteingang und steigen die paar Treppen hinunter zum Untergeschoß. Männer bevölkern die Eingangshalle, sitzen auf den Stufen, rauchen, palavern und kauen irgendwas. Die Rolltreppen sind teilweise noch vorhanden; teilweise heißt in diesem Fall, daß Teile ausgebaut sind.
Esikli sieht Bahadir fragend an. »Die Einrichtungen des Landes oder des Staates sind auch nicht besser als die unserer Stadt.«
»Hätte die Stadt nicht schon vor zehn Jahren mit diesem Schlendrian angefangen und U-Bahn-Roll-

treppen einfach nicht mehr repariert, dann wäre das Empfinden der Bevölkerung gegen Nichtfunktionierendes nicht so abgestumpft.«
Der Zeitschriftenladen an der Ecke, den Bahadir schon seit seiner Kindheit her kennt, existiert noch immer. Das Sortiment der Zeitschriften und Zeitungen hat sich aber beträchtlich verlagert. Neben deutschen und türkischen Publikationen gibt es eine Vielzahl von Zeitungen in östlichen Sprachen wie zum Beispiel in Russisch; Fachzeitschriften vorwiegend in Englisch, religiöse Veröffentlichungen in Türkisch und Arabisch. Hervor sticht heute die Balkenüberschrift der in Deutschland gedruckten Ausgabe der Hürriyet: »Stoppt Völkermord an Türken!«

Bahadir hat nur noch wenig Zeit. Abends um zwanzig Uhr muß er als Hauptredner im Gasteig sein, und er wollte sich noch kurz ausruhen zu Hause.
Sie hetzen trotzdem vorher noch die Treppen zu einem Bahnsteig hoch. Die S-Bahn fährt; nicht alle Linien und nicht in den kurzen Abständen, die sie von früher her kennen, aber sie fährt.
Bahadir drängt zum Weitergehen. Sie bringen Yussef zum Ausgangspunkt an der Isar zurück. Auch Esikli ist nach seiner Wahl zum Zweiten Bürgermeister nach Bogenhausen umgezogen. Bahadir lenkt den Wagen die Innere Wiener Straße lang, sie zeigen ihre Ausweise noch einmal dem Straßenposten am Max-Weber-Platz und fahren weiter Richtung Bogenhausen.
»Schimpfen Sie heute abend nicht so gegen die Altdeutschen. Ich muß noch zusammenarbeiten mit ihnen!« Esikli lacht und steigt aus.

Bahadir hat noch vier Stunden Zeit zu Hause, um sich auszuruhen und seine Rede noch einmal durchzugehen.
Früher, als seine Frau Laura noch bei ihm wohnte und die Kinder um ihn her tollten, da sehnte er sich nach mehr Ruhe. Heute ist die große Wohnung wie ausgestorben. Seine Frau ließ sich sicherlich von seinem Schwager zu stark beeinflussen. Wie kann dieser dagegen sein, daß seine Kinder islamisch erzogen werden? Diese gottlose, dekadente, egoistische, diese ideallose westliche Gesellschaft sollte froh sein, wenn Menschen mit Moralvorstellungen beigemischt werden.

Bahadir fährt zur Philharmonie, betritt das Gebäude vom rückwärtigen Eingang her und trifft sich mit den Organisatoren der Veranstaltung.
Themen, Gesichtspunkte, die Reihenfolge der Sprecher, das alles war schon im Laufe der letzten fünf Wochen abgestimmt worden. Bis zum Beginn der Veranstaltung sind es noch fünfzehn Minuten.
Bahadir und Yörük öffnen die Tür, die zum Podium führt. Sie gehen einen Schritt hinein in den großen Saal, holzgetäfelt, ein herrlicher Anblick für jeden, der zum erstenmal durch einen der Eingänge tritt und unwillkürlich stehenbleiben muß, um dieses Erlebnis für ein paar Sekunden in sich aufzunehmen.
Der Saal ist bereits zu zwei Dritteln gefüllt.
Eingeladen sind alle türkischsprechenden Volksgruppen, eingeschlossen die der Kurden. Die meisten von ihnen besitzen bereits einen deutschen Paß, sind wahlberechtigt und wählen selbstverständlich ihre Partei, die Islamisch Soziale Union, kurz ISU.

Diese Versammlung zu veranstalten ist natürlich ein Drahtseilakt an Diplomatie und Taktik, denn genausogut ist dies auch die Partei der Bosnier, Albaner, Iraner, Pakistani, der Flutgeschädigten aus Bangladesch, aller Araber wie Tunesier, Ägypter, Iraker, Marokkaner usw., gar nicht zu reden von den kleineren Gruppen aus den Turkländern, dem nördlichen Nigeria, dem Sudan und einigen hunderttausend zum Islam konvertierten Altdeutschen.
Schienen die ethnisch bedingten Differenzen zur Zeit der Parteigründung vor vierzig Jahren fast unüberbrückbar, so übertrafen die Schwierigkeiten innerhalb der Parteiführung diese noch aufgrund des unterschiedlichen Glaubens- und Demokratieverständnisses.
Nur auf der Basis der Parteisatzungen, die zumindest formal eine strikte Trennung von Politik und Glauben garantieren sollten, konnten sich die politischen Führer aller Muslime zu einer Partei vereinigen. Dabei verzichtete die starke Mehrheit der Sunniten auf eine Reihe von Führungspositionen zugunsten der Schiiten und der nach Ansicht der Sunniten eigentlich ungläubigen Aleviten.
Die Versammlung wird veranstaltet vom Ortsverband der ISU in München in Zusammenarbeit mit der Türkisch Islamischen Union und dem Türkischen Alevitenbund e.V.
Neben den beiden Rednern der ISU ist als Gastredner dieses Abends Dr. Mehdi Mohammadi aus Hamburg eingeladen worden. Mohammadi, der in Teheran studierte, ist seit zwei Jahren oberster Vertreter der Schiiten in Deutschland und gleichzeitig

ein führendes Mitglied des ZMD, des Zentralrats der Muslime in Deutschland. Sein Auftreten hier, so ist es von der ISU-Führung geplant, soll die Verbundenheit der Sunniten mit den Schiiten und die Geschlossenheit aller muslimischen Glaubensbrüder demonstrieren und das Selbstbewußtsein stärken.
Zwar ist die Partei die Klammer, die hauptsächlich die weltlichen Interessen aller Muslime vertritt, aber sie dient auch als Katalysator und Koordinator zwischen den Glaubensrichtungen und den Tausenden von muslimischen Vereinen.
Es ist soweit. Die drei Redner und einige Herren der Münchner ISU-Fraktion und des Landesverbandes schreiten auf eine Reihe von Stühlen zu, die neben dem Rednerpult aufgebaut ist.
Serim Yörük, Fraktionsvorsitzender der ISU im Münchner Stadtrat, begrüßt alle Anwesenden auf deutsch und auf türkisch. Er spricht von der Entwicklung dieser bestehenden Zustände in den letzten Jahren. »Laim und das Westend waren schon vor zwei Jahren zeitweise verbarrikadiert, und der Polizeipräsident hat gemeinsam mit dem Münchner Oberbürgermeister Dr. Huber die Bundesregierung gebeten, mit Hilfe des Bundesgrenzschutzes wenigstens wieder eine gewisse Waffenruhe einkehren zu lassen.
Das war im Jahre 2044. Die gepanzerten Mannschaftswagen des BGS und die zur Verstärkung durch die Bundeswehr eingesetzten Panzer hatten unsere Straßensperren versucht niederzuwalzen, was ihnen teilweise und zeitweise auch gelang. Aber brennende Autoreifen auf den Panzern hatten die Motoren zum

Brennen gebracht. Die jungen Mannschaften kamen mit erhobenen Händen heraus. Wir haben sie einen Tag eingesperrt und sie dann an den Barrikaden laufenlassen. Anders erging es unseren eigenen Männern, die bei der Bundeswehr dienen. Die werden keinen Einsatz mehr gegen uns fahren.«
Die Masse klatscht und johlt.

Bahadir erkennt die Gefahr der Eskalation. Im Gegensatz zur Mehrzahl seiner türkischen Landsleute ist er weder kurdischer Herkunft, noch kommt sein Familienstamm aus einem armen, halbverlassenen Ort Anatoliens; vielmehr entstammt er, wie sein Großvater, der nach Deutschland auswanderte, einer Istanbuler Advokatenfamilie. Aufgrund seiner Ausgeglichenheit und seines besonnenen Taktierens ist er als Integrationsfigur zwischen ethnischen Gruppen wie auch zwischen den Fundamentalisten und den Traditionalisten der Sunniten und der Schiiten anerkannt.
Auch Yörük beginnt wieder, ohne allerdings das Format Bahadirs zu besitzen, sich seiner Verantwortung bewußt zu werden, und lobt die interfraktionelle Zusammenarbeit bei den Münchner Wohnungstauschprogrammen.
»Altdeutsche, Osteuropäer und andere Ungläubige, die sich über das Rufen des Muezzins und über andere uns vertraute Gewohnheiten beschwert hatten, konnten in anderen Stadtteilen eine Austauschwohnung finden. Jetzt endlich ist eine freie Religionsausübung entsprechend dem Grundgesetz in einer Reihe von Stadtbezirken möglich. Wir können unse-

ren eigenen Lebensstil gestalten; an Arbeitstagen können wir unsere Arbeitszeit unseren religiösen Vorschriften anpassen, an Freitagen und ganz besonders während des Ramadan, da verläuft unser Lebensrhythmus ohnehin anders, beim Festessen nach Sonnenuntergang, dem Flanieren auf den Straßen und den Feiern bis spät in die Nacht.«
Yörük beendet seinen Vortrag mit dem Vorschlag, die Barrikaden wieder abzubauen und durch Hinweistafeln wie »Gebiet freier islamischer Religionsausübung« zu ersetzen.

Die Gebildeteren unter den Zuhörern warten jetzt erwartungsvoll auf den Vortrag von Kerim Bahadir. Er versucht zuerst einmal, seine Ex- und wieder Neulandsleute zu mäßigen und sie hinsichtlich der Anschläge auf ihre Wohnenklaven zu beruhigen.
»Es ist eindeutig, daß die Altdeutschen glauben, größere Ansprüche auf dieses Land zu haben als wir, deren Großeltern oder Eltern noch in der Türkei geboren sind. Und nicht nur Faschisten, sondern auch der sogenannte Mann auf der Straße empfindet es als ungerecht, wenn unsere Partei mit vierundzwanzig Prozent aller Abgeordneten im Bundestag sitzt. Auch wenn wir, die ISU, in der Opposition sind, so haben wir«, doziert Bahadir weiter, »Mitverantwortung für ein gewaltfreies Zusammenleben in Deutschland zu tragen. Wenn unsere jungen Söhne in der Bundeswehr dienen, so müssen wir akzeptieren, daß sie, wenn es ihr Befehl ist, unsere eigenen Barrikaden einreißen.«
Ein Pfeifkonzert setzt ein. Zwischenrufe wie »Lyn-

chen!« werden laut. Aber Bahadir versteht es meisterhaft, die Zuhörer wieder auf seine Seite zu ziehen.
»Spannungen zu anderen ethnischen Gruppen lassen sich auch reduzieren, indem man ihre Mädchen heiratet.« Johlen folgt und ein paar obszöne Rufe, aber die Stimmung ist gerettet.
»Unsere Gemeinden haben zuwenig Geld, um, wie in München, Zehntausende von Obdachlosen und einige hunderttausend Sozialhilfeempfänger zu ernähren. Reparaturen und Renovierungen an öffentlichen Einrichtungen und Gebäuden sind nicht mehr möglich. An den Bau neuer Straßen oder eines neuen U-Bahn-Abschnittes ist überhaupt nicht zu denken. Ich werde mich im Bundestag dafür einsetzen, daß die Verteilung der Steuern neu geregelt wird, und zwar zugunsten der Gemeinden.«
Weitere fiskalische Ausführungen finden aber kein allzu großes Interesse im Publikum.
Bahadir beendet seinen Vortrag und setzt sich wieder auf seinen Stuhl schräg hinter dem Podium, obwohl er am liebsten gleich zur Wohnung seines Bruders Ilhan gefahren wäre, wo, seit dem Wegzug seiner Frau Laura, seine drei Kinder untergebracht sind.

Yörük als Gastgeber der Veranstaltung steht wieder auf und kündigt jetzt Mehdi Mohammadi an.
So wie Mohammed gleichzeitig weltlicher und religiöser Führer war, so ist auch das Idealbild im Islam ein die ganze Umma umfassendes Kalifat. Ausgerichtet auf dieses Endziel, denkt Imam Mohamma-

di, wie jeder muslimische Vordenker, global und speziell daran, in welchem Umfang er sein eigenes kleines Scherflein beitragen kann zur Einheit und zur Vergrößerung der Umma, der Gemeinschaft aller Gläubigen.
Er erzählt, wie freitags von der Kanzel seiner Moschee, vom Übel in der westlichen Welt. Er weiß, so wie Israel als gemeinsames Feindbild die arabische Welt hat einigen sollen, so lassen sich die Untugenden und die Dekadenz der hiesigen Ungläubigen sehr leicht heranziehen, Muslime in Deutschland zusammenzuschweißen.
Was noch könnten Sunniten und Schiiten gemeinsam haben? Zum Beispiel einen Dritten suchen, gegen den gemeinsame Forderungen wie kulturelle Eigenständigkeit vorgebracht werden, verbunden mit gleichberechtigten religiösen Bräuchen. »Warum zum Beispiel dürfen Parlamentssitzungen immer noch an Freitagen stattfinden, dem Feiertag der Muslime, wenn sie an Sonntagen nicht gestattet sind?« ruft Mohammadi.
Weiter spricht er vom Zusammenhalten und Zusammenwohnen aller Muslime. Unausgesprochen liegt die Forderung im Raum: Bleibt eigenständig, assimiliert euch nicht!
Auch sagt er die Worte: »Wir wollen weiterkämpfen für den Frieden.«
Um Gottes willen, denkt Bahadir, hoffentlich nicht. Denn natürlich weiß er, daß ein und derselbe Begriff in verschiedenen Ideologien oder Religionen unterschiedliche Inhalte haben kann. Dar al-Islam, das Haus des Islam, ist per Definition das Haus des Frie-

dens, während der Rest der Welt, Dar al-Harb, das Haus des Krieges ist.
Keiner hat es in der Zwischenzeit gewagt, aufzustehen und den Raum zu verlassen. Es wird hier geklatscht; ansonsten kennt man diese Ansichten und Forderungen aus den Predigten in den eigenen Moscheen in den Wohnbezirken, die mehrheitlich nur einfache Gebetsräume sind und weniger schön als die große Anzahl neuerbauter Moscheen wie in Weimar oder Berlin. Die hauptsächliche Botschaft aber haben alle verstanden, nämlich die ihnen bekannten Pflichten zu erfüllen und bei der kommenden Bundestagswahl im Oktober die Gottespartei zu wählen.

Nach dem Vortrag bittet Mohammadi Bahadir zu einem kurzen Gespräch in einen Nebenraum.
»Stellen Sie sich vor, wir würden stärkste Partei.« Er sagt wir, obwohl er als graue Eminenz und wegweisender Vordenker zwar anerkannt ist, aber offiziell der Partei gar nicht angehört. »Glauben Sie, daß wir fachkundige Kapazitäten auf allen Gebieten haben, um bei Koalitionsverhandlungen mitreden zu können?«
Bahadir kennt seit Jahren fachkundige Köpfe sowohl seiner eigenen als auch anderer Parteien, hauptsächlich aus den Ausschüssen und Arbeitskreisen; er kennt die nichtssagenden Schwätzer ebenso wie diejenigen, die ihre Meinung immer nach den Ergebnissen demoskopischer Umfragen ausrichten und damit zwar niemals augenfällige Fehler begehen, aber auch nie eigene gute Problemlösungen vorbringen.
Bahadir sagt schlicht: »Ja, die haben wir«, und er

denkt dabei an vier, fünf seiner Freunde, die ebenfalls in irgendwelchen Arbeitskreisen sind und auf ihrem Gebiet so mitreden können, daß sie, falls ihre Partei in Koalitionsverhandlungen oder eine Regierungsbildung mit einbezogen werden sollte, durchaus auch eine leitende Position ausüben könnten. Mohammadi sieht Bahadir prüfend an, dann verabschieden sich beide Männer.

Bahadir hat zu diesem Zeitpunkt nicht wissen können, welche Vorgespräche bereits auf verschiedenen Ebenen geführt worden sind. Mohammadi hat mit Hilfe des Generalsekretärs des ZMD die einflußreichsten sunnitischen Imame aus Berlin, München, Dortmund, Hamburg, Mannheim usw. sowie weitere führende Mitglieder des Zentralrates, unter anderen die Leiter der islamischen Zentren in Bonn, Duisburg, Soest und Weimar, nach Köln eingeladen. Er vermochte es, diesen Kreis davon zu überzeugen, daß nur eine gemäßigte und über den leidigen innerparteilichen Querelen stehende Führung der ISU den Einfluß der Partei in Deutschland stärken könne. Das bedeutete auch, daß die Machtstellung einiger Parteiflügel, wie die der Islamischen Gemeinschaft Milli Görüs und der Kurdischen Arbeiterpartei, zurückgestutzt werden mußte.

Bahadir geht zu seinem Wagen und fährt Richtung Sendling zur Wohnung seines Bruders und seiner Schwägerin Leyla mit ihren sowie seinen eigenen drei Kindern.

Samstag, 23. Juni

Das Wetter ist schön, Peter und Vanessa haben mit Laura im Garten hinter dem Haus Tisch und Stühle auf einen schon sonnigen Fleck gerückt und gefrühstückt. Es ist an diesem Junimorgen bereits angenehm warm. Vor dem in dieser Höhenlage sonst üblichen Wind sind sie geschützt: Im Norden, den Berg weiter aufwärts, beginnt fünfzig Meter hinter dem Haus der Wald, im Westen steht eine Gruppe junger Birken.
Trotz dieses idyllischen Fleckchens Erde packen Peter und Vanessa langsam ihre Golfsachen zusammen und verstauen sie im Kofferraum des Wagens. »Bis heute abend. Es kann auch später werden.«
Laura Bahadir ist allein.
Sie hat Verlangen danach, ihre Kinder wiederzusehen. Das kann sie auf Dauer nur, wenn sie zu ihrem Mann zurückkehren würde. Auch das ist für sie gut vorstellbar. Aber dieser angeheiratete Großfamilienclan!
Sie sitzt auf der Bank im Schatten eines Apfelbäumchens, das Handy neben sich. Ihr Entschluß, Kerim anzurufen, reift langsam in ihr. In diesen Entscheidungsprozeß hinein läutet das Telefon. Es ist ihr Mann.

Beide freuen sich, den jeweils anderen zu hören. Eine große Überraschung hat Kerim: »Stell dir vor, ich hab' mich entschlossen, meine Appartementwohnung in Berlin und unsere Wohnung in München aufzugeben. Wir kaufen uns ein Haus in der Nähe von Berlin.«
»Und die Kinder?«
»Die kommen natürlich mit.« Laura kann in diesem Moment nur noch ein zustimmendes leises »Ja« herausbringen.
»Komm sofort nach München, wir fahren dann gemeinsam mit dem ICE nach Berlin. Dort zeig' ich dir unser Haus im Grünen, in Falkensee.«
Laura packt ein paar Sachen, schreibt noch einen Kurzbrief an Peter, legt ihn auf den Küchentisch und braust mit Vollgas bzw. dem, was der TÜV dem Motor noch maximal zugestanden hat, Richtung München.

Ludwig Graml sitzt im Vereinslokal, trinkt seinen Kaffee und macht seine Randnotizen auf die vertraulichen, parteiinternen Schriften, die auf dem kurzfristig einberufenen CDU/CSU-Strategiegipfel in Wildbad Kreuth am nächsten Wochenende als Diskussionsgrundlage dienen sollen.
Er hat sich mal wieder mit seinen Freunden Peter und Alexander hier verabredet, einmal, um sich wieder körperlich in frischer Luft zu betätigen, hauptsächlich aber, um zu einem Gedankenaustausch über sich abzeichnende neue Entwicklungen zu kommen. Natürlich kennen die drei einander und ihre Meinungen gut, aber da sie sich in sehr unter-

schiedlichen beruflichen Kreisen bewegen, kommen doch hin und wieder neue Gedanken und Ideen hinzu.
Während Peter Bachmeier noch bei der großen Triebwerksfirma im Norden von München arbeitet und nur an Wochenenden in den »Wald« flüchtet, hat Dr. Alexander Hausmann schon vor einer Reihe von Jahren im Großklinikum Großhadern in München gekündigt, um hier in Deggendorf weiterarbeiten zu können.

Peter und Vanessa kommen ziemlich zeitgleich mit Alexander und Julia an. Die beiden Frauen fallen sich gleich in die Arme, schließlich kennen sie sich schon vom Gymnasium in München her.
»Na ihr, habt ihr auch schon ausgeschlafen?«
»Laßt uns gleich reingehen, der Wagen vom Lucki steht schon da.«
Ludwig, genannt Lucki, klappt seine Arbeitsmappe zusammen, steckt sie in den Aktenkoffer und gibt ihn zur Aufbewahrung dem Wirt, den er, wie so viele, auch gut kennt.
Zu fünft ziehen sie mit ihren Caddies zum ersten Abschlag. Wenn Lucki allein kam, so war dies nichts Besonderes, denn Anna, seine Frau, zog es meistens vor, auf dem Hof zu bleiben.
Peter, der eigentlich ein kleineres Handicap als seine beiden Freunde hat, braucht auf den ersten Greens jeweils ein, zwei Schläge mehr als üblich, um einzuputten.
»Du bist ja hochgradig unausgeglichen!«
»Das wird wohl so sein; schließlich ist mein Job im

Begriff, sich aufzulösen. Wichtiger noch: Wenn die Entwicklung in unserer Branche gestoppt wird, kann unsere Firma in sechs Jahren ganz zumachen.«
»Selbst das ist nicht so wesentlich«, erwidert Lucki und lacht. Es ist ein Lachen ohne innere Freude, mit ernstem Gesicht, Laute, nur mit dem Mund geformt.
»... wenn man bedenkt, daß der ganze Staat den Bach runtergehen kann.«
Den beiden Frauen wird zuviel über Politik geredet. Nach dem sechsten Loch steigen sie aus. »Wir beide fahren zu Anna. Ihr kommt ja sicherlich am Nachmittag nach.«
Jeder der zurückbleibenden Männer hängt seinen eigenen Gedanken nach.
Alexander Hausmann ist in der Neurochirurgischen Abteilung, durch die das Klinikum Deggendorf seit einiger Zeit hohes Ansehen genießt. Das Wiedervernetzen zerschnittener Nervenstränge mittels computergesteuerter Minilaser ist bekannt. Auch der Gebrauch von Neuroprothesen an Schenkeln und Beinen von Querschnittsgelähmten ist üblich. Aber die Verkabelung mit einem Minicomputer, der sowohl die Lageregelung, das heißt das Gleichgewichthalten, besorgt und die initiierenden Befehle des Menschen an versteckten Knöpfen weitergibt, ist doch nur eine leidliche Hilfe. Erst die Überbrückung zerstörten Rückenmarks mit künstlichen Nerven und der computergestützten Vernetzung mit dem Kleinhirn bei einer Querschnittslähmung, das ist schon eine großartige Gemeinschaftsentwicklung von dem Forschungszentrum Karlsruhe, den Mitar-

beitern der medizinischen Abteilung von Siemens in Erlangen und dem Team in Deggendorf.
Alexanders beruflichem Erfolg zum Trotz läuft seine Ehe ziemlich schief, sie existiert nur noch nach außen. Julia besteht auf getrennten Schlafzimmern und scheut sich nicht, in Gegenwart anderer ihren Mann lächerlich zu machen.
Peters Sorgen um Job und Firma sind aufgrund der neuesten Hiobsbotschaften durchaus gerechtfertigt. Lucki ist ein Mensch der Statistiken, ein Politiker, der sich weniger von Gefühlen, sondern durch mathematische Kurven und deren Extrapolationen in die Zukunft leiten läßt. Er vergleicht die neuen Dokumente mit seinen Basisunterlagen, die er, gespeichert in seinem Notebook, immer bei sich führt. Diese Unterlagen, die auch Statistiken der letzten Jahrzehnte einschließen, zeigen, daß die Verteilung des Steueraufkommens mehr und mehr zugunsten der Gemeinden verändert werden mußte, ohne daß eine Verelendung der Städte hätte verhindert werden können. Weiterhin nimmt der Zuschuß des Bundes für die Sozialversicherungen, insbesondere die Arbeitslosenversicherung und die Ausgaben für Beamtenpensionen, gigantische Ausmaße an. Für klassische Bundesministerien wie Forschung, Bildung, Verkehr usw. mußte der Etat kontinuierlich abgesenkt werden.
»Ich schlage vor, wir gehen jetzt essen, dann trinken wir ein Weißbier, und dann geht es uns wieder besser.«
Es ist ohnehin Mittag geworden, und so bequem sind die Strohhüte als Schutz vor der UV-B-Strah-

lung der Sonne nun auch wieder nicht. Nachdem die Rate der Hautkrebserkrankungen in den letzten drei Jahrzehnten so dramatisch gestiegen ist, wagt es kaum einer mehr, sich ohne lange Hemdsärmel und leichte Handschuhe längere Zeit in der Sonne zu bewegen.

Sie brechen nach dem fünfzehnten Loch ab und marschieren berghoch zum Vereinsheim. Sie gehen in eines der hinteren Zimmer – da sind sie ungestört – und bestellen zuerst einmal ihr Bier.

»Habt ihr gestern abend den von der NASA herausgegebenen Dokumentarfilm über die Besiedlung des Mondes gesehen?« fängt der Techniker unter den dreien das Gespräch wieder an.

»Meinst du die halbkugelförmigen, mit Luft gefüllten, lichtdurchlässigen Kunststoffzelte, in denen so viele Pflanzen wachsen, daß das von zwölf Menschen und ein paar Tieren ausgeatmete Kohlendioxyd wieder in Sauerstoff zurückverwandelt werden soll?«

»Na ja, also erstens sind diese Zelte nicht nur aus einem Kunststoff, sondern auch mit einem Netz aus Kohlefaserseilen umspannt, um die hohen Zugkräfte abzufangen. Und zweitens sind sie von einer autarken Station noch weit entfernt. Wie bei den ersten Biosphärenprogrammen in der Wüste von Arizona vor fünfzig Jahren tritt ein CO_2-Überschuß auf, den man durch von der Erde transportierten Sauerstoff kompensiert.«

»Und wo bleibt das Kohlendioxyd?«

»Das ist die Frage, die eine Kommission aus Wissenschaftlern und Ethikern in nächster Zeit beantworten muß. Soll man das Gas auf dem Mond entweichen lassen? Ohnehin nimmt dort die Menge verschiedener Gase rapide zu. Denkt an die Raketentriebwerke der Mondfähren, an einen Teil der Luft, die durch undichte Stellen in der Zelthaut entweicht, an Mondbasisschleusen, an Mondspaziergänge der gutbetuchten Touristen in Raumanzügen, welche die verbrauchte Luft entweichen lassen. Das Entweichenlassen hat eine Reihe praktischer Vorteile. Aber der Vorgang, eine dünne Mondatmosphäre entstehen zu lassen, wäre unumkehrbar und hätte sicherlich auch Nachteile ...«

»... zum Beispiel den, daß man von der Erde nur noch einen blassen Mond sieht, vielleicht mit einem blaustichigen Mondgesicht.«

»Wir Europäer spielen in der Raumfahrt ohnehin kaum mehr mit bei diesen Kürzungen für den Forschungsetat. Das seht ihr ja an den Besatzungen der beiden Raumstationen Alpha II und Beta, der Raumfabrik. Die wird jetzt hauptsächlich von den Asiaten und ein paar Amerikanern zur Produktion neuer, leichter Materialien verwendet.«

»Sieh nicht so schwarz!«

»Mit den armen Arabern vor unserer Haustür und der Milliarde hungernder Afrikaner vor Augen haben wir eine Neigung entwickelt, uns für alles verantwortlich zu fühlen. Dabei haben wir übersehen, daß die Hälfte der fünf Milliarden Asiaten uns wirtschaftlich und technologisch eingeholt hat.«

»Das ist denen zwar zu gönnen, aber es war schon vor fünfzig Jahren leicht zu errechnen, daß die Ressourcen, hauptsächlich Erdöl, bei weitem nicht ausreichen, um allen Menschen einen Lebensstandard zu bieten, wie sie es aus den vielen amerikanischen Filmen kennen: jede Familie ein Auto ...«

»Es wurde mehr zu einer ethischen Frage. Haben Menschen, haben Staaten ein Recht, sich überproportional zu vermehren, wenn feststeht, daß nicht mehr alle Menschen ernährbar sind, von einem in der westlichen Welt gewohnten Lebensstandard gar nicht zu reden?«

»Haben andere Staaten ein Recht, sich einzuigeln vor den Problemen der weltweiten Verteilungskämpfe um Getreide und Fischbestände? Müssen dichtbesiedelte, aber noch intakte Staatengebilde sich öffnen vor der immer mächtiger anschwellenden Völkerwanderung?«

»Schließlich wollen Papst und Imame die Seelen ihrer Religionsgemeinden maximieren. Ob das im Sinne von deren Chefs ist?«

»Wenigstens in einem Punkt haben wir die Forderungen der Bibel perfekt beherzigt: Machet euch die Erde untertan. Aus den Urwäldern wurden Kulturlandschaften und Riesenstädte, aus frei umherlaufenden Tieren wurden Zoobewohner ...«

»Und wenn auch nur noch ein Teil der Tierarten existiert, macht nichts, mit der Genveränderung können wir noch ganz andere Tiere kreieren.«

»Hört auf! Mir wird sonst übel. Noch eine Runde Obstler.«

Es gibt Hirschlende (Wildgehege) mit Knödeln (Fertigprodukt) und Waldpilzen (unterirdische Zucht). Und für die kraftvoll übersteigerten Argumente sorgt der Alkohol.

Xaver, ein Kollege und Duzfreund von Alexander,

gesellt sich zu ihnen und bestellt ebenfalls ein Bier. Xaver ist beliebt, weil er jede Gesellschaft belebt, eigentlich nichts ernst nimmt oder zumindest diejenigen, die ihn weniger gut kennen, glauben läßt, daß er nur spaßig sei.

»Habt ihr schon die Nachrichten heute früh gehört?«

»Nein, ich will mich nicht jeden Tag ärgern müssen.«

»Die Münchener Rückversicherung ist nun endgültig pleite. Die vielen Hurricans über Florida in den letzten Jahren, die Überschwemmungen im Mississippigebiet und natürlich das Erdbeben in San Francisco haben der größten Rückversicherung den Rest gegeben.«

»Warum glauben eigentlich alle, Global Player spielen zu müssen? Vielleicht, weil mit dem steigenden Konzernumsatz auch die Direktorengehälter wachsen?«

»Wichtiger als dieser Konzern sind für mich die produzierenden Firmen«, kann es einer nicht lassen und setzt das Thema fort. »Wäre die Globalisierung der Industrie und der Finanzmärkte nicht so exzessiv betrieben worden, dann wäre die beiderseitige Angleichung der Ersten mit großen Teilen der Dritten Welt nicht so rasant vonstatten gegangen. Nachdem die Konzerne zuerst die Produktion in die Dritte Welt verlagert hatten, begannen sie auch noch, Neuentwicklungen in der Gentechnologie, in der chemischen Industrie und in weiteren Sparten auf ihre Tochterfirmen in Asien und Amerika zu übertragen.«

»Dieser Transfer von Basiswissen, von einem Wis-

sensstandard, der sich in Jahrzehnten in der westlichen Welt aufgebaut hat, das war die gewaltigste Entwicklungshilfe, viel größer als die staatlichen Finanzhilfen.«
»Eine weitere Entwicklung kommt hinzu. Der Sieg des Kapitalismus über den Kommunismus war in Wirklichkeit eine historische Fehleinschätzung, ein Scheinerfolg, der mit der Öffnung nach Osten und der damit verbundenen zweiten Lebensstandardangleichung den Niedergang Europas beschleunigte.«
»Unsere Angleichung von oben nach unten, verbunden mit einer Arbeitslosenrate von jetzt siebenundzwanzig Prozent, das hat sich unsere Gesellschaft selbst eingebrockt.«
»Trinken wir auf die gute alte Zeit vor der Jahrtausendwende, als unsere Väter nur lächerliche zehn Prozent Arbeitslose zählten.«

Anna, die ihre Haare zu einem Knoten zusammengesteckt hat, freut sich über den vorzeitigen Besuch von Vanessa und Julia. Ihr Großvater hatte um die Jahrtausendwende seinen Hof vergrößert, indem er zwei kleinere Nachbarhöfe recht billig zukaufen konnte. Die kleinen Höfe waren damals aufgrund der niedrigen Agrarpreise nicht mehr rentabel zu bewirtschaften gewesen. Seit vier Jahren mußte sie allein mit ihren beiden Söhnen den Hof bestellen, da ihr Mann von montags bis freitags als Abgeordneter in Berlin war.
Julia und Vanessa sind schon ganz heiß auf die beiden Reitpferde. In Jeans und leichter Bluse die Feldwege entlangreiten, das ist doch etwas Herrliches.

Zurück auf dem Hof, kommt Anna mit der schlechten Nachricht: »Aus unserem Würstchen- und Kotelettgrillen heute abend wird nichts. Wir müssen unsere Männer abholen. Sie sind schon vorzeitig blau.«

Sonntag, 24. Juni

Peter zieht sich nach dem Frühstück auf sein Zimmer zurück und stülpt sich seine audio-visuelle-virtuelle Haube mit eingebautem Display und zwei Lautsprechern über den Kopf. Er legt eine CD von Bach auf, denn Bachs Orgelwerke wirken beruhigend auf sein in den letzten drei Tagen aus dem Gleichgewicht gekommenes Gemüt. Zu dieser Musik wählt er als visuelles Programm das Innere bayerischer Barockkirchen. Entsprechend seinen Pupillenbewegungen schwebt er, engelgleich, empor zu den Deckengemälden oder läßt sich, den Akkorden folgend, wieder hinabgleiten.
Vanessa kommt in sein Heiligtum, setzt sich ihm gegenüber und schaut ihn ruhig an. Er setzt seine Haube ab. »Warum regst du dich auf: Selbst wenn dein Projekt stirbt und du schlimmstenfalls entlassen wirst, hätten wir genügend Geld. Wir könnten uns eine Wohnung auf Teneriffa kaufen, wir wären den Winter über dort in der Wärme und im Sommer bleiben wir hier auf unserer Burg und ernten unsere Mohrrüben.«
Sie legt ihren Kopf schief, lächelt Peter an und rutscht langsam näher zu ihm. Er gibt ihr, vielleicht mehr aus Höflichkeit, einen flüchtigen Kuß.

»Der Sinn ist es, der fehlt. Vielleicht versteht ihr Frauen das generell nicht so wie wir Männer. Für wen erhalten wir diesen Hof? Für wen entwickeln wir langfristig neue Projekte? Doch nur für die nächste Generation. Wenn diese neue Generation aus fremden Menschen besteht, aus kleinen, aus …«
»Fängst du wieder davon an! Du hast vorher schon gewußt, daß ich keine Kinder haben möchte. Außerdem sagst du doch immer, daß es zu viele Menschen auf der Welt gibt.«
Sie rauscht aus dem Zimmer.
Zurück im Raum bleiben Bachs Orgelkonzert und Peter.

Während Peter seinen Tiefpunkt erreicht hat, ist seine Schwester in Hochstimmung. Sie parkt den Wagen in der Tiefgarage ihrer Wohnung in Bogenhausen, fährt mit ihrem Koffer hoch in den fünften Stock, stürzt zu ihrer Wohnung und liegt Sekunden später in den Armen von Kerim. Auch die Kinder, die von ihm schon verständigt worden sind, warten auf ihre Mutter.
Die Idee, in Berlin ein neues Leben zu beginnen, reizt Eltern und Kinder gleichermaßen, wobei die Kinder Jugendliche sind und der Älteste mit dem Studium beginnen möchte.
Sonntag mittag. Nach kurzem Mittagessen bestellen sie ein Taxi. Kerim und Laura verabschieden sich von den Kindern mit dem Versprechen, daß sie sehr bald nachkommen können. Schließlich müssen sie doch erst einmal quasi als Vorhut das neue Nest bauen.
Über die Prinzregentenstraße fahren sie mit dem

Taxi problemlos in die Innenstadt zum Hauptbahnhof. Junkies lungern in Gruppen herum. Laura ist es unangenehm, über die ausgestreckten Beine am Boden Sitzender zu steigen.
»Haste mal zehn Euro?«
»Mit deiner langsamen Sprechweise leidest du sicherlich auch an leichtem Dachschaden.« Aber das sagt sie nicht laut zu diesem Fixer. Der Geruch von Erbrochenem läßt sie schnell weitergehen durch die Empfangshalle. Ebenerdig gelangen sie bis zu der Balustrade, von der aus sie auf die vier Gleise in zwanzig Metern Tiefe schauen können. »Wir müssen weiter. Da unten halten nur die Züge, die durch den Tunnel zum Ostbahnhof und weiter Richtung Wien und Richtung Brenner fahren.«
Kerim kennt den Fahrplan München/Berlin auswendig, was allerdings nicht sehr schwierig ist, da die Züge, teilweise die ICE der vierten Generation und teilweise die französischen TGV, tagsüber im Halbstundentakt verkehren.
Um vierzehn Uhr dreißig verläßt der Zug den Hauptbahnhof, mit dreihundertsiebzig Kilometern in der Stunde gleitet er durch die grüne Landschaft der Hallertau, gefolgt von der Fränkischen Alb mit Kiefernwäldern, Nürnberg, westlich vorbei an der Fränkischen Schweiz, dem Thüringer Wald mit seinen Mischwäldern, Erfurt; dann wird es langsam flacher, sie überqueren die Saale und halten wieder in dem neuerbauten Leipziger Hauptbahnhof im Nordwesten der Stadt. Die Gleise kreuzen im rechten Winkel den Schienenstrang der Strecke Halle/Dresden. Kerim erinnert sich noch gut an die

zeitraubende Einfahrt in den alten Sackbahnhof vor zwanzig Jahren und das lästige Umkehren der Züge. Von Leipzig geht die Fahrt weiter über die Elbe, und bald nähern sie sich von Südwesten dem Berliner Ring.
Wie herrlich grün ist Deutschland doch noch immer. Am Hauptbahnhof, dem alten Lehrter Bahnhof, steigen sie um siebzehn Uhr aus. Sie deponieren die beiden Koffer in einem Schließfach und nehmen die S-Bahn über den Nordring Richtung Spandau, Staaken, Dalgow, wo sie aussteigen. Von da aus gehen sie nordwärts nach Falkensee. Die riesigen alten Straßenbäume geben dem Ort einen parkähnlichen Charakter. Nach zehn Minuten gemächlichen Gehens stehen sie vor ihrem neuen Haus. Auf dem über dreizehnhundert Quadratmeter großen Grundstück befinden sich vorn ein paar Obstbäume, und dahinter strahlt in Weiß die Vorderfront des Hauses mit großer Terrasse und großem Balkon. Die Sonne lugt gerade noch über die hohen Baumwipfel, und ihr mildes Licht zaubert eine friedliche Stimmung über Haus und Garten.
Kerim nimmt Laura bei der Hand, sie gehen zur Haustür, er sperrt sie auf, bückt sich und, unerwartet für Laura, hebt sie hoch und trägt sie über die Schwelle. Ein kurzer Aufschrei, dann umarmt sie Kerim. Sie strahlt.
Jetzt zieht Laura ihn durch den Flur zu den einzelnen Zimmern. Sie ist sofort begeistert von dem großen Wohnzimmer, der sich seitlich anschließenden, in sanften Farben gekachelten und eingerichteten Küche und überhaupt von dem Flair, das dieses Haus ausstrahlt.

Das Haus war zur Jahrtausendwende gebaut worden, der Zeit, in der noch zum größten Teil Wände solide Stein auf Stein hochgezogen worden sind, mit Kellern; ein Haus, das noch eine Reihe von Generationen beherbergen wird.
Bahadir hatte das Haus einem älteren MdB abgekauft, der für die Grünen acht Jahre im Bundestag gewesen war. Jetzt, mit sechsundsechzig Jahren, wollte dieser, der ursprünglich aus Dortmund kam, sich in seinem Haus im Sauerland, nahe der Sorpetalsperre, zur Ruhe setzen und seine billig erworbene Hangwiese wieder neu aufforsten.
Kerim zeigt Laura die vier Schlafzimmer im ersten Stock und unten im Souterrain die Hobbyräume, die auch als Gästezimmer genutzt werden können.
»Wir fahren jetzt zurück zum Bahnhof, holen unsere Koffer und gehen essen im Lokal nahe meinem Appartement.«
Beide haben sie mächtigen Hunger. Sie bestellen Seelachs gedünstet, Gemüse und Petersilienkartoffeln.
»Für mich bitte ein Viertel herben Frankenwein.«
»Bringen Sie eine Flasche, bitte, und ein Glas Orangensaft.«
Das Weinglas steht genau zwischen ihren beiden Tellern, und Kerims Hand gleitet bald öfter in diese Richtung als zu seinem Saftglas.
Während des Abendessens kommen sie überein, daß Laura die bis zum Einzug notwendigen Renovierungsarbeiten in Auftrag geben und beaufsichtigen wird, um ihn in dieser hektischen Zeit kurz vor der Wahl zu entlasten.

»Sag mal«, fällt es Laura auf, »du verläßt mit diesem Umzug deinen Wahlkreis in München?«
»Ich werde bis zur Wahl noch einige Male in unserer Münchener Wohnung sein und den Kontakt mit den Parteifreunden aufrechterhalten. Bis auf einige Diskussionsrunden mit Bürgervertretern brauchen wir richtige Wahlveranstaltungen, wie bei den anderen Parteien üblich, nicht durchzuführen. Für die Kreuzchen an der richtigen Stelle sorgen schon andere.«
Nach einiger Zeit fügt er bedächtig, langsam, so als wäre er sich unsicher, ob er sie einweihen solle, hinzu: »Ich habe das Gefühl, daß ich nach der Wahl in unserer Parteihierarchie etwas nach oben steigen könnte; und wenn ich weiter vorn auf der Liste stehe, dann ist der Wahlkreis nicht mehr so wichtig.«
»Obwohl …« Bahadir starrt ins Leere.
Viel Alkohol vertragen die Muslime wirklich nicht, denkt Laura.
»Warum eigentlich nicht …« Er sieht seine Frau voll an, lacht, gibt ihr einen Kuß und trinkt ihr den letzten Schluck Wein weg. »Die kreativen Ideen kommen meist unangemeldet!«
Er zahlt. Laura trinkt noch ein halbes Glas Orangensaft, dann machen sie sich auf zu seinem alten Appartement.

Montag, 25. Juni

Der Parteivorsitzende der ISU, Mehmet Tüzyilmaz, hatte gemeinsam mit dem Fraktionsvorsitzenden kurzfristig eine Fraktionssitzung einberufen. Das kam nicht überraschend, im Gegenteil. Seit Anfang Mai verstärkte sich der Widerstand bei den Grünen, die gemeinsamen Gesetzesentwürfe der supergroßen Koalition aller deutschen Parteien (nicht sehr liebevoll Volksfront genannt) mitzutragen. Die Mehrzahl dieser Gesetze wurde aber mit Unterstützung der Stimmen der ISU, also der Opposition, durchgebracht. Diese absurde Situation konnte den Wahltag nicht überdauern.

»Meine Damen und Herren, von einigen Seiten wird angedeutet und gewünscht«, erklärt der Vorsitzende der ISU, »daß sich unsere Partei aus der wohlwollenden Defensive in eine aktivere, progressivere, eventuell die Regierung mittragende Partei wandeln solle. Das bedarf einer Reihe von Änderungen, auch in unserem Denken.

Waren wir bisher hauptsächlich fixiert auf die Eingliederung unserer Landsleute aus allen unseren islamischen Ländern wie auch auf die wachsenden wirtschaftlichen und kulturellen Beziehungen zu unseren Heimatländern, so müssen wir jetzt versu-

chen, mehr und mehr alle existierenden Ressorts fachlich abzudecken.
Ich bin für diese Aufgabe zu alt und auch als ehemaliger Arbeitnehmervertreter nicht kompetent genug. Ich trete ab sofort zurück, werde aber die Geschäfte bis zur Wahl eines Nachfolgers weiterführen.«
Auch der zweite Vorsitzende, Ali Radjavi, dessen Eltern vor vierzig Jahren mit ihm und seinen Geschwistern aus dem Iran fliehen mußten, geht zum Rednerpult, lächelt und wartet.
Bei dieser Neuigkeit muß einfach jeder seine Überraschung dem Nächstsitzenden kundtun, über Hintergründe spekulieren, über eventuelle Pläne rätseln.
Nach ein paar Minuten unterbricht Radjavi das Stimmengewirr, es kehrt wieder Ruhe ein, und er verkündet: »Wie Sie sicherlich wissen, ist unser Parteivorstand am Freitag zusammengetroffen. Bevor wir jedoch die Ergebnisse der Presse mitteilen, wollen wir heute zuerst Sie von der Neuigkeit unterrichten.
Wir werden einen Sonderparteitag nach Berlin einberufen für den 12. Juli. Die Delegierten werden einen neuen Vorsitzenden und einen neuen zweiten und dritten Vorsitzenden wählen. Vorschläge können bis zum 9. Juli eingereicht werden. Die Sitzung ist beendet.«
Grüppchen bilden sich. Bahadir ist der Mittelpunkt einer dieser Gruppen.
Auch Radjavi gesellt sich zu dieser Gruppe, legt seinen Arm auf Bahadirs Schultern und spricht zu ihm so, daß es auch die Umstehenden hören können:

»Eigentlich sind Sie der einzige unter uns, der es vom Format und dem Auftreten her mit den Vorsitzenden der anderen Parteien aufnehmen kann. Machen Sie mir doch kurz einen Zettel mit Ihren Daten und Ihrem beruflichen Werdegang. Sie waren doch lange Zeit Rechtsanwalt. Ich bin sicher, daß ich eine Reihe meiner alten Kollegen von Ihnen überzeugen kann.«
Der Kreis um Bahadir wird größer. Man glaubt jetzt zu wissen, wen man unterstützen muß; das kann auch der eigenen Karriere nicht schaden. Bahadir sagt nicht nein, sich als Kandidaten für den Parteivorsitz aufstellen zu lassen.

Dieser letzte Montag im Juni hat es in sich. Um ausgeruht und zeitig in seiner Firma im Norden von München zu sein, ist Peter Bachmeier schon am Sonntag abend mit der Bahn nach München gefahren, hat in seiner Wohnung in Moosach übernachtet, um sich da auf die routinemäßig stattfindende Besprechung am Nachmittag mit den Ressortleitern vorbereiten zu können.
Seit acht Uhr früh paßt er seine fünf langsam eintrudelnden Abteilungsleiter ab und beauftragt sie zu einer kurzen Aktualisierung folgender Änderungslisten: der Liste aller ausgearbeiteten, aber noch nicht eingeführten Änderungen am Triebwerk, das sich jetzt in der Produktion befindet, der Liste aller notwendigen, noch nicht bearbeiteten Änderungen sowie der Liste der wünschenswerten, nicht unbedingt notwendigen Änderungen. Hinzu kommen kundenspezifische Änderungen, die jeweils nur in deren

Flugzeugen bzw. Triebwerken vorgenommen worden waren, und weiter die Zwischenergebnisse des kooperierenden Forschungsinstituts hinsichtlich der Materialverbesserung der Brennkammer und der Turbinenschaufeln.
Nach kurzem Mittagessen setzt er sich selbst mit einem seiner Abteilungsleiter und einer Mitarbeiterin der Wirtschaftsabteilung zusammen; die beiden Männer schätzen grob die erforderlichen Mann-Stunden pro Änderung, sie errechnet die Kosten.
Um drei Uhr hetzt er zur Besprechung.
»Meine Herren«, er ist also tatsächlich noch rechtzeitig zur Einleitung durch seinen Ressortleiter gekommen, »Sie wissen, daß die EU in Brüssel bereits vor einem halben Jahr alle Gelder für Forschungsaufgaben der europäischen Industrie gestrichen hat. Diese waren vorgesehen zum Einholen des Technologievorsprungs der Amerikaner und Asiaten oder, wie in unserem Fall, zum Halten unseres kleinen Vorsprungs.
Wenn jetzt zusätzlich die beiden Regierungen in Berlin und Paris die Forschungsgelder für die Institute, mit denen wir zusammenarbeiten, stoppen, so können wir wohl die Nachfolgeentwicklung für das Zwölf-Tonnen-Triebwerk abbrechen.«
Eine Reduzierung der Neuentwicklung auf weniger neue Komponenten wurde verworfen, da der Grundgedanke, eine nochmalige Erhöhung des Nebenstromverhältnisses, Einfluß nimmt auf sämtliche Verdichter- und Turbinenstufen.
Nachdem wieder Ruhe eingekehrt ist, meldet sich Bachmeier zu Wort: »Wichtig ist doch allein das Er-

gebnis. Teilziele wie die Verringerung des Treibstoffverbrauchs um zirka vier bis fünf Prozent, eine Gewichtsreduzierung um dreißig bis vierzig Kilogramm und eine Verlängerung der Wartungsintervalle lassen sich mit erheblich weniger Aufwand erreichen.«
Er läßt sich den Projektor, der immer mitten auf dem Tisch steht, herüberschieben und legt sein erstes Blatt unter die Mini-Fernsehkamera, deren aufgenommenes Bild gestochen scharf durch einen Laserstrahl auf einen großen Bildschirm an der Wand projiziert wird.
»Forschungsinstitute werden mit ihrer Arbeit nie richtig fertig, weil es immer wieder kleine Verbesserungen geben wird. Wenn wir also nicht auf das optimale Keramikmaterial warten, sondern die Zusammensetzung nehmen, wie sie aus dem letzten Forschungsbericht zu entnehmen ist, so können wir gegenüber dem jetzigen Triebwerk mit der Turbineneintritts-Temperatur To um einige Grade höher gehen.«
Bachmeier sieht auf. Alle sehen ihn gespannt an. Keiner quasselt dazwischen.
»Wenn wir diese Materialänderung und die Vielzahl der genannten kleineren Änderungen zu einem Änderungspaket zusammenschnüren, so haben wir in zwei Jahren ein sicheres, wirtschaftliches Triebwerk für die nächsten zehn Jahre.«
»Kosten?«
»Nur ein Zehntel des Neuentwurfs; plus oder minus zwanzig Prozent.«
»Lieber Herr Bachmeier, die zwanzig Prozent weniger können wir sicher vergessen.«
Alle lachen, und nachdem der erste zaghaft mit sei-

nen Fingerknöcheln auf den Tisch geklopft hat, schließen sich die meisten anerkennend an. Die Stimmung ist wieder gelöst. Die Besprechung hat einen anderen Verlauf genommen als erwartet.
»Ich werde den Vorschlag in meinem Bericht an die Direktion weiterleiten. Vielleicht können wir unsere Partnerfirmen davon überzeugen.«

Bachmeier kennt die Schwerfälligkeit der Zusammenarbeit innerhalb internationaler Partnerschaften, und er muß deshalb, bevor er seinen Urlaub antritt, seinen französischen und seinen amerikanischen Kollegen informieren.
Das ausgesprochen gute persönliche Verhältnis zu ihnen macht es ihm einfach. Er telefoniert mit beiden, bittet sie, wenn der Vorschlag über die jeweilige Firmenhierarchie auf ihren Schreibtischen landen sollte, ebenfalls Verbesserungen an ihren Bauanteilen vorzuschlagen, und zwar in ähnlichem prozentualem Kostenrahmen.
Die drei Projektleiter sind sich einig.

Seit Wochen haben sie in der Süddeutschen Zeitung unter »Vermischtes« immer die Anzeige gelesen: »Damenroulett«, und zwar gleich unter den Anzeigen »Massage, wir erfüllen Ihnen alle Wünsche« und »Sauna. Es liegt an Ihnen, ob sie uns wieder glücklich verlassen!«.
Die beiden letzten Anzeigen sind eindeutig genug, aber Damenroulett?
Julia, die schon seit acht Jahren mit Alexander in Deggendorf wohnt, fühlt sich unzufrieden. Im Bei-

sein von Anna am letzten Samstag konnte sie sich mit Vanessa nicht ungestört aussprechen.
Vanessa und sie dagegen gehen auch jetzt ab und zu gemeinsam aus und können sich ihre intimen Erlebnisse und Gedanken gegenseitig anvertrauen.
»Ich möchte mal wieder was erleben.«
»Geh halt hin. Es kennt dich doch keiner mehr in München«, sagt Vanessa.
»Wenn du mitkommst.«
Aber Vanessa möchte nicht. »Geh allein, du brauchst nichts zu tun, nur zuzuschauen, wurde mir gesagt. Meld dich an, wie in der Annonce steht, denn die Anzahl der Teilnehmerinnen ist begrenzt.«
Sie gießt die beiden Likörgläser noch einmal voll mit Cointreau, den sie aus Frankreich mitgebracht hat. Vanessa versucht, Julias Hemmschwelle etwas herabzudrücken.
»Na?«
»Ich weiß nicht.« Vanessa greift zum Telefon und meldet für Mittwoch eine Person auf den Namen Julia an. Das war sonst immer der Tag, an dem sich die beiden Freundinnen sahen.

Mittwoch abend. Julia steuert ihr Brennstoffzellenauto auf die Autobahn, füllt dort an einer Tankstelle ihren Tank mit Methanol auf und fährt Richtung München. Sie kennt sich noch gut aus, findet das Haus in München-Trudering und parkt zwei Häuser weiter. Als sie sich dem Eingang nähert, geht die Haustür auf, und sie wird freundlich von einer elegant gekleideten Dame begrüßt.
»Machen Sie auch beim Roulett mit?«

»Ja«, sagt Julia leichthin. Bei dieser Antwort drehen sich die drei ihr am nächsten stehenden, ungefähr gleichaltrigen Frauen um, stellen sich kurz mit ihrem Vornamen vor, lachen und meinen, daß sie sich noch nicht trauten.
Julia ist sich nicht mehr sicher, ob ihre Antwort nicht vorschnell gewesen ist, aber bevor sie fragen kann, kommt eine Bedienung mit einem Tablett gefüllter Sektgläser. Sekt wird reichlich serviert.
Die elegant gekleidete Dame muß ihren Namen weitergegeben haben, denn soeben erscheint auf dem großen Wandbildschirm der Name Julia in einem der sechsunddreißig Kreissegmente. Sechs weitere Namen stehen schon verteilt auf diesem senkrechten, elektronischen Roulett, dessen sechsunddreißig Felder der Reihe nach für ein paar Sekunden beleuchtet werden.
Die meisten der Frauen tanzen auf der gläsernen Tanzfläche nach einem immer gleichbleibenden, nicht sehr schnellen Rhythmus.
Zwei gutaussehende Schwarze, die bis jetzt lässig an einem Tisch gesessen haben, stehen auf und mischen sich zwischen die Tanzenden. Die Musik wird leiser, und die Dame, die an der Tür die weiblichen Gäste begrüßt hatte, ergreift das Mikrofon: »Meine Damen, begrüßen wir unsere Freunde aus dem Sudan; da ist zuerst Omar.« Einer der beiden hebt beide Arme, dreht sich einmal um seine Achse. Großes Hallo, Klatschen und Kreischen. »Und dann ist da unser Hassan.«
Gleiche, lautstarke Begrüßung.
»Seid alle recht lieb zueinander! Ich bin sicher, wir

haben einen berauschenden Abend vor uns. Viel Spaß!«
Die Musik wird jetzt lauter. Omar und Hassan wenden sich den Frauen zu, tanzen mit ihnen, fragen nach ihren Namen und widmen sich hauptsächlich den sieben Frauen, deren Namen auf dem Roulettbildschirm stehen. Wenn sie zuerst offen mit ihnen tanzten, so nehmen sie sie jetzt in den Arm, das Licht wird sehr gedämpft, die Umarmungen werden enger, und manche Bewegung läßt sie, fast wie unbeabsichtigt, die sehr weiblichen Körperteile streifen. Sie sind geübte Profis, immer haben sie das richtige Gespür, wie dezent oder forsch sie sich einer Frau nähern können.
Sie haben beide mit allen sieben getanzt, mit einigen sogar zwei- oder dreimal, und dabei nicht versäumt, auch den anderen Damen mit Berührungen zu zeigen, wo sie sich befinden.
Haben diese am Anfang noch das Tanzen ab und zu unterbrochen, um einen Schluck Sekt zu trinken, so ist jede jetzt nach drei Stunden in ihren ganz persönlichen rhythmischen Bewegungsablauf gefallen. Die in ihnen aufsteigende Wärme läßt sie mehr und mehr ihre Kleidungsstücke über eine Sitzlehne werfen, wobei das Kleiderablegen auch andere ermuntert, noch gewagter an- oder besser ausgezogen zu tanzen, dem Gesetz einer Kettenreaktion folgend.

Die Zeit scheint reif. Die Profimannschaft, in diesem Fall die Elegante, dreht die Musik langsam leiser und sagt, um die Stimmung nicht zu stören, mit ruhiger, angenehm klingender Altstimme: »Meine

Damen, gleich wird unser Roulett die glücklichste Frau des Abends bestimmen.«
Das Licht im Raum wird noch mehr gedämpft, die leuchtende Fläche auf dem Roulettbildschirm jagt im Kreis, wird dann langsamer und langsamer, überspringt gerade noch Julia und bleibt stehen auf dem Namen Jessica.
Omar schlängelt sich sofort durch die Stehenden oder sich noch rhythmisch Bewegenden zu Jessica, ein kleiner roter Scheinwerfer erfaßt beide, dann lacht er und hebt Jessica in die Höhe:
»The winner!«
Klatschen, Kreischen. Die Musik wird wieder durchdringender. Omar tanzt mit Jessica, langsam, bluesähnlich, Jessica eng umschlingend. Sie hat ihr blondes Köpfchen an seine Schulter gelehnt. Beide kommen dem Stuhl am Rande der Tanzfläche, auf dem jetzt Hassan wieder Platz genommen hat, näher. Omar dreht Jessica halb um ihre Achse, er umfaßt, jetzt hinter Jessica stehend, mit der linken Hand ihren Bauch, schmiegt seine Wange an ihre Wange und legt behutsam, mit dem rechten Arm über ihre Schulter kommend, seine Hand auf ihren linken Busen. Es wird ruhig. Jessica atmet hörbar.
Langsam drängt er sie, immer noch hinter ihr stehend, dem Publikum seitlich zugewandt, zu Hassan, der auf seinem Stuhl sitzen bleibt. Als die beiden ganz nahe herangekommen sind, umfaßt Hassan ihre Hüften. Omar wiederum läßt seine Hand, die vorher auf der Bluse ruhte, zwischen Haut und Stoff gleiten. Kein BH hindert ihn. Zwischen seinen Fingern spürt er ihre Brustwarzen wachsen. Omar muß

ein Mikrofon bei sich tragen, denn ihr Atem, der immer schwerer geht, ist von allen Umstehenden hörbar.
Der vor Jessica sitzende Hassan läßt seine Hände von den Hüften am Rock entlang bis zu den Waden gleiten und, wieder auf dem Weg nach oben, die Vorderseite der Beine berührend, über die Knie unter dem Rock verschwinden. Die Hände müssen wohl auf Höhe der Oberschenkel angekommen sein, verharren dort, vielleicht suchen sie etwas, bis ein spitzer Schrei von Jessica alle Artgenossinnen erahnen läßt, wo die schwarzen Finger tätig sind.

Jetzt hätte niemand sagen können, ob Jessica in ihrer Erregung den Willen zum Entfliehen aus dieser Situation hätte aufbringen können. Gleich welcher Reaktion ihrerseits auch immer, die beiden Männer haben sie fest im Griff.
Die Hände kommen wieder langsam unter dem Rock hervor und ziehen den Slip nach unten, etwas Lupfen der Beine und Hassan hebt triumphierend die unterste Hülle in die Höhe.
Omar lenkt Jessica weiter oben vom Hauptgeschehen ab. Die nächsten Sekunden werden entscheiden, ob der Abend für alle zu einem bleibenden Erlebnis wird.

Wieder schiebt Hassan beide Hände unter den Rock, eine Hand von vorn, die andere einen Schenkel umgreifend von hinten. Wieder ein Aufschrei von Jessica, der übergeht in ein langgezogenes Stöhnen.

Langsam, zuerst unmerklich, bewegt Jessica ihren Körper. Der langsame Rhythmus der Musik und Hassans Finger lassen auch sie im gleichen Takt ihren Leib, jetzt für alle sichtbar, vor und zur Seite schieben.
Unter den zum Teil Tanzenden, Stehenden oder zurückgelehnt Sitzenden werden die ersten leisen Laute hörbar. Sie spüren das Verlangen im Unterleib. Manchen fällt es schwer, dem Wunsch nach Berührung zu widerstehen, auch wenn es nur eine Stuhllehne ist.
Hassan arbeitet langsam; schließlich sollen auch die weniger Schnellen dem Tempo folgen können. Wenn er merkt, daß Jessica stoßweise zu atmen beginnt, ihre Töne höher werden, legt er für drei, vier Sekunden eine Pause ein.
Von irgendwoher werden batteriegetriebene Vibratoren in verschiedenen Größen gereicht. Das Stöhnen im Raum wird lauter. Hassan arbeitet wieder intensiver. Jessica spürt die Chance, ihren Orgasmus zu erreichen. Sie bewegt sich heftig, ihr Atem fliegt, ein langgestreckter Urlaut, ihr Körper spannt sich, der Oberkörper bäumt sich zurück.
Omar fängt sie auf.
Angelehnt an Omar, verharrt sie in Ruhe. Langsam nur wird sie wieder fähig, ihre Umwelt wahrzunehmen und zu gehen. Omar und Hassan bringen sie in einen Nebenraum. Manchmal ergibt es sich, daß einer der beiden Lust verspürt und sich nun sein Vergnügen nimmt.
Ganz allmählich wird das Licht wieder heller im Saal, es riecht nach Kaffee. Julia findet sich in einem

Sessel sitzend vor. Sie erschauert bei dem Gedanken, daß sie diejenige hätte sein können.
Ob sie Vanessa wird erzählen können, daß sie ebenfalls …

Peter Bachmeier hatte sich entschlossen, ein paar Tage Urlaub zu machen, um sein inneres Gleichgewicht wiederzuerlangen. Seine Sekretärin kannte seine Telefonnummer und seine Internetadresse im Bayerischen Wald schon auswendig, so daß er im Bedarfsfall schnell erreichbar war und per Videokonferenz an jeder Sitzung teilnehmen konnte. Wichtiger als die Übertragung der Gesichter war die Möglichkeit, Skizzen oder Zeichnungen unter die Senkrechtkamera zu schieben und sich so, wie unter Ingenieuren immer noch beliebt, mit Papier und Bleistift über die Telekommunikation verständlich zu machen.
Vanessa und Peter gehen sich im großen Haus möglichst aus dem Weg.
Er zieht seine Wandersachen an, packt ein Stück Brot, ein Stück Dauerwurst und eine Flasche Wasser in seinen kleinen Rucksack, Pullover obendrauf geschnallt, und fährt ein paar Kilometer über Zwiesel nach Oberfrauenau, parkt seinen Wagen am Ortsende in der Nähe eines Wildgeheges und marschiert bergauf Richtung Großer Rachel.
Er vermeidet es, den Touristengruppen zu nahe zu kommen, die sich dann unterhalb des Gipfels, aus verschiedenen Richtungen kommend, zu einer beachtlichen Menschenmenge vereinigen.
Peter, der den Gipfel ohnehin kennt, sucht sich ei-

nen der Felsen, die unterhalb des Kleinen Rachel aus dem Boden gewachsen sind, erklettert ihn von der Bergseite und macht dort seine Brotzeit. Hier ist er allein. Er sieht einen Teil der Häuser von Zwiesel. Immer, wenn er an Zwiesel denkt, durchzuckt es ihn wie ein elektrischer Schlag.

»Vor zwanzig Jahren war es, da habe ich hier Gretl zum erstenmal gesehen, mit ihren großen blauen Augen, ihren blonden Haaren. Ich wußte, das ist, wenn es eine oberste Schicksalsfügung oder -führung gibt, die für mich vorbestimmte Frau.

Damals habe ich sie ins Restaurant eingeladen. Wir haben uns in die Augen geschaut, und ich war sicher, daß auch sie mich liebt. Ungestüm und unerfahren näherte ich mich ihr und wurde zurückgewiesen. Öfter sahen wir uns wieder, zum Beispiel zum Tennisspielen. Eine Annäherung gelang mir einfach nicht. Es ergab sich, daß wir uns nach längerer Zeit wiedersahen, ich sie an meinem Geburtstag wiederum in ein Restaurant einlud und wir uns wieder wunderbar verstanden. Diesmal wollte ich taktisch richtig vorgehen. Ich lud sie in eine Nachtbar ein, um ihr beim Tanzen näher kommen zu können. Vielleicht hatte sie schlechte Erinnerungen an die Bar. Sie lehnte ab.

Ich fahre sie nach Haus. Ich ärgere mich. Direkt vor ihrem Haus ist kein Parkplatz frei. Ich halte in der zweiten Reihe, will ihr noch einen Gute-Nacht-Kuß geben. ›Hier nicht‹, sagt sie. ›Kommst du noch mit hoch?‹

Meine möglicherweise unnötige Verärgerung, das unglückliche Halten in der zweiten Reihe. Hatte ich

gerade nein gesagt? Sie verabschiedet sich und steigt aus. Vielleicht wollte ich sagen: Warte, ich parke den Wagen irgendwo!
Die Sekunde vergeht. Bin ich gelähmt? Ich sage nichts. Ich lasse den Wagen an, rolle langsam, sie ist aus dem Blickfeld, ich rolle schneller, ich fahre nach Hause.
Mein Gott, warum mache ich bei ihr alles falsch?«

Peter erwacht aus seinen Gedanken. Er hat nicht bemerkt, daß im Westen eine dunkle Gewitterfront aufgekommen ist. Er wandert den Weg bergab zum Auto, setzt sich, naß wie er ist, ans Steuer und fährt nach Hause.
Am nächsten Vormittag fühlt er sich matt, muß niesen; der Regen gestern und die Anstrengungen der letzten Wochen in der Firma haben ihre Wirkung getan. Die Natur fordert ihr Recht. Er macht sich sein Frühstück, Vanessa ist, wie sie gestern sagte, wegen ihrer Arbeit nach München gefahren.
Er glaubt, wenigstens im Garten etwas arbeiten zu müssen, zupft Unkraut aus dem Kohlrabibeet, erkennt dann aber das Mißverhältnis zwischen Anstrengung und Nutzen, läßt sich in die Hängematte gleiten, die zwischen einem Kirsch- und einem Pflaumenbaum gespannt ist, und versinkt in tiefen Schlaf.
Wieder hört er seinen Großvater sprechen, wie sie damals als Gruppe junger Studierender auf seinem Hof einfielen und mit ihm fachsimpelten. Großvater redete gern von seiner aktiven Zeit; es muß noch vor der Jahrtausendwende gewesen sein, als er, verär-

gert über die Unvernunft der Menschen, sich hier im Bayerischen Wald einen Hof kaufte und sich zurückzog.
»Was haben wir uns eingesetzt damals für den Erhalt wichtiger Biotope und gegen das Trennen von Waldgebieten durch neue Autobahnen und Bahnstrecken. Was hat mein Freund vom Bund für Naturschutz gemeinsam mit seinem Spezi bei der Süddeutschen Zeitung jahrelang jede zweite Woche gegen die ICE-Trasse München/Nürnberg geschrieben und die etwas längere, aber dafür billigere Strecke über Augsburg favorisiert. Oder gegen den Donauausbau mit Staustufen und Seitenkanal. Oder vorher schon gegen den viel zu großen neuen Flughafen in München-Erding. Die meisten Umweltsünden wurden trotz unseres Widerstandes durchgeführt bis auf eine Sache: die WAA, die atomare Wiederaufbereitungsanlage.«

Peter atmet schwer in seiner Hängematte. Im Halbschlaf muß er wohl gemerkt haben, daß ein Umdrehen in die Seitenlage einem Absturz gleichkommen würde. Er wacht auf, zwängt sich aus der Matte, geht ins Haus, trocknet im Badezimmer den Schweiß von seinem Körper, trinkt ein Glas Wasser und legt sich aufs Sofa.
Ganz deutlich sieht er: zwei hellblaue Augen, sie strahlen ihn an. Immer jedoch, wenn er näher treten will, entfernen diese sich. Ärgerlich, wie seine Freunde von früher wieder aus dem Nebel der Vorstellung dies Bild zerstören.
»Ihre Generation hat doch viel geleistet«, sagt einer

seiner jungen Freunde. »Europa ist zur Ruhe gekommen, während in Afrika und Asien die Verteilungskämpfe immer weiter eskalieren.«
Großvater ist stolz, daß seine Grüne Partei zusammen mit den Roten nach der Regierungsübernahme nach der Jahrtausendwende die Wehrpflicht abgeschafft hat und die Größe der Bundeswehr halbierte.
Großvater, der alte Humanist, lacht. »Wir wollten zwar auch noch aus der NATO austreten, aber da haben unsere Koalitionspartner, die Roten, nicht mitgespielt.«
Mit der nächsten Bemerkung seines anderen Freundes ändert sich die Stimmung. »Unsere Bevölkerung«, meint dieser, »besteht jetzt im Jahre 2024 zu dreizehn Prozent aus Muslimen mit stark steigender Tendenz. Warum hat Ihre Partei damals die Schleusen geöffnet und allen hier geborenen Ausländern die doppelte Staatsbürgerschaft zuerkannt?
Sie wußten doch, daß viele türkische Mädchen von ihren Familien in die Türkei geschickt werden, um sie dort mit einem jungen Türken zu verheiraten. Beide kommen dann nach Deutschland; schließlich darf jeder, der die deutsche Staatsbürgerschaft besitzt, auch einen ausländischen Ehepartner importieren.
Oder die andere Variante. Muslimische Paare, die Frau schwanger, lassen sich durch eine der vielen Schlepperbanden nach Deutschland einschleusen. Das Kind kommt hier zur Welt. Kann der Staat die Eltern zurückschicken, während das Baby mit der deutschen Staatsangehörigkeit in Deutschland bleibt?

Geht nicht. Darf der Staat einen deutschen Staatsbürger, denn das ist das Baby nun nach der Gesetzeslage, mit den Eltern abschieben? Geht auch nicht; also bleiben alle hier.
Wie werden Sie mit der nie mehr umkehrbaren Entwicklung, dem Konfliktpotential für alle zukünftigen Generationen, und der Verantwortung, die sie mittragen, fertig?«
Großvater schweigt. Alle merken ihm an, daß dieses Thema für ihn schmerzhaft ist. Er geht aus dem Raum. Seine innere Ruhe hat er verloren.
Peter stöhnt auf. Sein Schweiß an Kopf und Hals wird vom Kissen aufgesogen. Aber die Geister lassen ihn nicht los. Eine neue Szene tritt vor sein geistiges Auge. Der Steinmetz, den er nach dem baldigen Tod des Großvaters aufsucht, meint: »Es ist hier üblich als Grabinschrift: ›Hier ruht in Frieden‹ oder ›Hier ruht in Gott‹.«
»Nein, auf keinen Fall«, hört er sich sagen. »Wir wissen nicht, ob seine Seele den inneren Frieden gefunden hat, aber den Text, ›Ruhe in Frieden‹ als Wunsch oder Ausruf gedacht, den meißeln Sie ein.«

Peter schreckt hoch, er ist schweißgebadet. Ist es seine innere Unruhe? »Ich habe nach objektiven Gesichtspunkten kein schlechtes Gewissen. Trotzdem ist mein Inneres aufgewühlt. Es müssen andere Gefühle sein, die genauso stark sind oder stärker. Würde ich jetzt sterben, wäre meine Seele, so es eine gibt, nicht in Frieden ruhend.«
Er schaut auf die im Bücherregal stehende kleine Statue eines buddhistischen Mönchs. Er sieht in sein

lächelndes, Gelassenheit ausstrahlendes Gesicht. Eigenartig, die Ruhe überträgt sich auf ihn. Er atmet tief durch, steht etwas mühselig auf, duscht sich, trinkt ein Glas Milch und bereitet sich in der Küche ein Pfannenschnellgericht zu, bestehend aus Zwiebeln, Tomaten und Eiern, gewürzt mit Salz und Pfeffer.

Während des Essens schaltet er per Funkfernbedienung das Empfängergerät der Fernsehanlage ein, das auf dem Dachboden nahe der Parabolantenne steht, und legt die Wiedergabe auf den digitalen Bildschirm zwei, der an der Küchenwand hängt.
Seine Schlaffheit empfindet er jetzt als willkommenen Vorwand, sich einfach berieseln lassen zu dürfen. Der Nachrichtenkanal mit seinen viertelstündigen Weltnachrichten zeigt gerade – schon wieder – ein abgebranntes Haus in einem Türkenstadtteil, diesmal im Norden von Dortmund.
Bachmeier stochert lustlos in seiner Pfanne. Die Sprecherin geht über zur nächsten Nachricht. »Brüssel: Die Getreideernte in Europa wird aufgrund des trockenen Frühjahrs voraussichtlich um acht Prozent niedriger ausfallen als im Vorjahr. Die Möglichkeit, die in den letzten Jahren abgebauten Reserven wieder …«
Das Telefon klingelt. »Hallo, Herr Bachmeier, tut mir leid, Sie im Urlaub zu stören«, begrüßt ihn seine Sekretärin. »Herr Piontek ist hier und möchte Ihnen was zeigen.«
Bachmeier schaltet den Bildschirm um von Fernsehen auf Telefon. Sein jüngster und engagiertester

Abteilungsleiter in der Konstruktion strahlt in die Kamera. Bachmeier entschuldigt sich, daß er seine Kamera nicht einschalten möchte, und sieht – Piontek hat umgestellt auf Senkrechtkamera –, wie ein dicker Bleistift auf einen Punkt der Zeichnung deutet.

»Beim virtuellen Konstruieren und gleichzeitigen Eingeben aller relevanten Parameter wie der Strömungsgeschwindigkeiten an der hinteren Schaufelkante habe ich erkennen können, daß sich der Strömungswinkel in diesem Bereich«, die Bleistiftspitze bewegt sich vom Außendurchmesser bis ungefähr zur Mitte der Schaufel, »nicht verändert, wenn man die Schaufeltiefe um ein bis zwei Millimeter verringert.«

Gott sei Dank, es ist also keine Hiobsbotschaft. Bachmeier ist lange Zeit der Ansicht gewesen, daß Cyberspace oder, wie in diesem Fall, die dreidimensionale Darstellung der Strömung und sogar die Darstellung des Verdichterinnenraumes aus der Sicht eines Luftmoleküls, wie es an der Schaufeloberfläche entlangsaust, nur ein Hilfsmittel für Ingenieure ohne räumliches Vorstellungsvermögen sei. Langsam aber korrigiert er seine Ansicht.

»Ich würde gern einen Satz Schaufeln herstellen lassen und während der nächsten Testreihe alle Parameter neu messen und vergleichen.« Bachmeier stimmt zu. Er weiß, daß seine jungen Mitarbeiter am eifrigsten ihren eigenen kreativen Ideen nachjagen und manchmal die halbe Nacht vor ihrem Computer sitzen.

Bachmeier schaltet nach dem Telefonat wieder zurück auf Fernsehempfang. Der Kopf der Kommentatorin Christiane Rose erscheint. »... hat sich die EU in jedem Jahrzehnt nach Osten hin erweitert. Sind die Ukraine und Weißrußland bereits hinzugestoßen mit dem Argument, ihre alten Handelspartner Polen, Ungarn und Rumänien seien schließlich auch Mitgliedstaaten, so klopft jetzt Rußland an unsere Tür. Rußland als Bastion des Westens gegen den Islam im Süden und den Giganten China in Ost- und Zentralasien? Können wir es verantworten, Rußland weiter zu isolieren?
Und wenn wir dieses große Land einbeziehen, kann die wahnwitzige Formel, daß die Lebensstandards aller Mitgliedstaaten einander anzugleichen sind, aufrechterhalten werden?«
Der Kommentar über den russischen Antrag zum EU-Beitritt kann Bachmeier gestohlen bleiben. Er zappt einige Programme durch. Ein alter Western mit John Wayne aus Opas Jugendzeit! Es gibt nur Gut und Böse; das Gute siegt, der Bösewicht bekommt, wenn er Glück hat, eine knallharte Rechte aufs Kinn. Ein solches seelisches Ventil braucht ein Mann mal ab und zu.

Samstag, 30. Juni

Ludwig Graml packt seine Reisetasche und seine Aktenmappe in den Wagen, verabschiedet sich von Anna und fährt auf die Autobahn Richtung München. Am Autobahnkreuz Landshut biegt er ab in Richtung Rosenheim. Diese sogenannte Sparautobahn ist merklich schmaler, aber, soweit Graml sich noch an seine Jugendzeit erinnern kann, war der Volkszorn über die vielen Staus, die bis zu hundert Kilometer Länge erreichten, so gewaltig geworden, daß die Grünen und deren nachgeschaltete Organisationen den Widerstand gegen die neue Autobahn aufgeben mußten.
Graml fährt nach dem Rosenheimer Kreuz ein Stück auf der Münchner Autobahn, verläßt diese am Irschenberg Richtung Tegernsee und erreicht am Nachmittag um fünf Uhr Wildbad Kreuth.
Graml gehört aufgrund seiner Zugehörigkeit zum Arbeitskreis »Kultur und Religionen« und aufgrund seines freundschaftlichen Verhältnisses zum Agrarminister zu dem kleinen Kreis eingeladener CDU- und CSU- Vertreter beim Strategiegipfel morgen, Sonntag, dem 1. Juli.
Er ist einer der ersten Teilnehmer im CSU-Bildungszentrum, denn während die meisten der ein-

undvierzig Tagungsteilnehmer zwar im Laufe des heutigen Abends zu der morgigen Konferenz eintrudeln werden, ist Graml schon für heute achtzehn Uhr zu einer Vorbesprechung bestellt worden.
Graml eilt, vom Parkplatz kommend, zuerst zum Empfang, läßt sich den Schlüssel geben und geht hoch in sein etwas spartanisch eingerichtetes Zimmer, dessen schlichte Art er schon während zweier Seminare kennengelernt hatte. Er hängt seine Sachen in den Schrank, macht sich etwas frisch und kehrt zurück ins Erdgeschoß zu einem der kleineren der sechs Konferenzräume.
Eingeladen sind der Erzbischof von München und Freising, Dr. Wallner, der um diese Unterredung gebeten hat, des weiteren der bayerische Staatsminister der Finanzen und je vier CSU-Landtags- und Bundestagsabgeordnete.
Nach ein paar Begrüßungsworten des Bayerischen Ministerpräsidenten Dr. Heuber nehmen sie im Konferenzraum Platz, und Heuber eröffnet die Besprechung: »Meine Herren, unser heutiges Gespräch soll ein Gedankenaustausch mit zwei Schwerpunkten sein: Da ist einmal das Anliegen unseres Bischofs zum Erhalt der Kirchen. Des weiteren betrachte ich diese Unterredung als eines meiner Vorgespräche für den Strategiegipfel morgen mit unserer Schwesterpartei. Herr Dr. Wallner, wollen Sie mit Ihrem Anliegen beginnen?«
»Meine Herren, ich hoffe, es bleibt nicht nur mein Anliegen. Sie alle wissen, daß wir, die katholische Kirche – und der evangelischen Kirche ergeht es ja ähnlich –, im Laufe der letzten vier Jahrzehnte nach dem Weg-

fall der vom Staat eingezogenen Kirchensteuer ein Drittel unserer Gotteshäuser aus Geldmangel zweckentfremden mußten. Konnten wir am Anfang unsere laufenden Kosten außer mit Spenden noch mit dem Einrichten von Museen oder mit Kirchenumbauten zu Senioren- und Kindertagesstätten decken, so läßt sich dies nicht beliebig in die Zukunft weiterführen.
Wir sehen uns gezwungen, ein weiteres Opfer zu bringen, um wertvolle Kulturgüter, hauptsächlich unsere Barockkirchen, erhalten zu können. Mit dem Verkauf der Johanniskirche in München-Haidhausen, einer großen, von weitem sichtbaren neugotischen Kirche aus dem 19. Jahrhundert, die jetzt leider in einem Moslemviertel steht, können wir für zehn Jahre die Erhaltungskosten aller übrigen Kirchen in München bezahlen. Der Verkauf hat einen Schönheitsfehler. Der einzige Interessent, der einen akzeptablen Preis zu zahlen bereit ist, ist die Muslimische Gemeinde.«
Eine kurze, ungeordnete, kreuz und quer gehaltene Debatte folgt.
Graml kann sich Gehör verschaffen.
»Tragen wir doch weitere Fakten zusammen: Die Kirche ist seit drei Jahren geschlossen. Christen kommen nicht mehr in diesen Stadtteil. Eine Umkehr der Entwicklung, sagen wir durch eine höhere Geburtenrate bei Christen als bei Muslimen, sehe ich für die nächsten Generationen nicht. Die Gebäudesubstanz verliert an Wert.«
Der Finanzminister, der neben dem Ministerpräsidenten sitzt und sich anscheinend mit diesem abgestimmt hat, schlägt in die gleiche Kerbe.

»Meine Herren, etwas möchte ich hier klarer darstellen. Wenn der bayerische Staat auch nicht für die sogenannten laufenden Kosten der Kirchen aufkommt, so wird doch Erhebliches für die Erhaltung der Kulturgüter getan. Mehr als diese im Budget fest eingeplante Summe ist aus meiner Sicht nicht möglich. Im übrigen ist diese Kirche zwar groß, aber nicht gerade ein architektonisch wertvolles Kulturgut.«
Dr. Heuber fährt fort: »Gebäude sind nur Ausdruck der Gesellschaft. Eine Veränderung der Gesellschaft ändert auch ihre Bauten. Umgekehrt können wir mit dem Festhalten an einem Gebäude die Gesellschaft nicht mehr zurückverändern.«
»Ihre Worte sind sehr eindeutig«, sagt der Bischof. »Hoffentlich geht der Trend der Stimmen bei der Wahl nicht auch nur in diese eine Richtung.«
Anschließend gehen sie gemeinsam in den Speisesaal. Abends gibt es hier meist nur kalte Speisen. Graml freut sich auf den »Obazdn« und ein Helles, gebraut vom Herzoglichen Bayerischen Brauhaus in Tegernsee.
Während die Mehrheit der Teilnehmer hinübergeht zum Wirtshaus »Altes Bad«, zieht Graml es vor, noch ein paar Bahnen im Schwimmbad des Hauses zu schwimmen, denn schließlich war dieser Gebäudekomplex mal ein Kurbad mit so erlauchten Gästen wie dem Kaiser Franz von Österreich und den Zaren Nikolaus und Alexander.

Sonntag früh: Der Erzbischof hält eine Messe in der kleinen, um 1700 erbauten Kapelle. Graml wohnt, wie eine Reihe anderer Gäste, der Messe bei.

Die Uhr auf einem der kleinen Türmchen des Hauptgebäudes zeigt Viertel nach zehn. Mit leichter Verspätung kommt der Hubschrauber aus München. Ihm entsteigen der Bundeskanzler, hier in seiner Funktion als CDU-Parteivorsitzender, der Generalsekretär der CDU und zwei Bundesminister.
Sie bewegen sich Richtung Hauseingang, das heißt, zuerst einmal einer Wand von Reportern entgegen.
»Herr Bundeskanzler, werden Sie die vier Minister der Grünen entlassen?«
»Wollen Sie mit der SPD allein regieren?«
»Meine Herren, warten Sie nun mal die Pressekonferenz nach der Sitzung ab!«
Im Sitzungssaal eröffnet, nach allgemeinem Begrüßen und Händeschütteln, der CSU-Vorsitzende als Gastgeber die Sitzung: »Meine Dame, meine Herren! Sie alle kennen die Hauptgründe unseres Zusammentreffens drei Monate vor der Bundestagswahl.
Punkt 1. Die Zusammenarbeit mit den Grünen ist in der Regierung sowohl auf Bundesebene als auch in verschiedenen Ländern untragbar geworden.
Punkt 2. Eine konziliantere Behandlung der ISU, die in Sachfragen durchaus kooperativ arbeitet, könnte zur Deeskalation der Situation in Deutschland führen. Im übrigen wissen wir, daß die alte Führung der ISU ausgetauscht werden soll gegen weniger fundamental denkende Islamzugehörige. Da die Politik der Bundesregierung jetzt stark im Vordergrund steht, bitte ich Herrn Weißkopf, seine Gedanken zuerst zu äußern.«
»Ja, meine Herren, zwar ist die Handlungsweise der

Grünen für uns als Partei schwer zu ertragen, aber unser Verhältnis zur ISU ist aus staatspolitischer Sicht doch noch wichtiger. Sie alle wissen, daß die Türkei den Sicherheitsrat der UNO angerufen hat mit der Beschuldigung, die Altdeutschen terrorisierten die Deutschen türkischer Herkunft. Aus diesem Grund haben auch Ägypten, Pakistan und Indonesien der UNO angeboten, Friedenstruppen nach Deutschland zu entsenden.
Wir wissen, daß gerade das bewußte Sichausgrenzen aus der Gemeinschaft, das Bilden von eigenen Städten innerhalb unserer Städte tatsächlich zu Anschlägen geführt hat. Aber das demonstrative Bauen von Barrikaden und der provozierende Gebrauch der türkischen Sprache, praktisch als zweite Amtssprache, das hat die Unruhen noch vergrößert. Wenn seit zwei, drei Wochen diese Barrikaden in allen Städten ziemlich gleichzeitig entfernt werden, so ist das einmal ein Zeichen, daß die Aktion entweder von den Imamen oder von der ISU gesteuert ist. Weiterhin zeigt es an, daß sie ihre Taktik ändern. Wir sollten auf alle Fälle im Wahlkampf nicht gegen die ISU polemisieren, um der UNO keine Handhabe zu bieten.
So, jetzt wenden wir uns mal den Statistiken zu und unseren eigenen Wahlprognosen. Herr Maier, was haben Sie denn vorbereiten können?«
MdB Maier legt seine erste Tabelle unter die Kamera.

»Das hier ist das Wahlergebnis von vor vier Jahren:

Stimmverteilung 2042	
CDU/CSU	32 %
ISU	24 %
Grüne	17 %
SPD	16 %
Abendl. Partei	5 %
Sonst. (FDP, NPD)	6 %

Und hier sehen Sie unsere Prognose für die Wahl im Oktober:

Prognose 2046	
CDU/CSU	32 %
ISU	27 %
Grüne	17 %
SPD	14 %
Abendl. Partei	5 %
Sonst. (FDP, NPD)	5 %

Aufgrund des demographischen Aufbaus der neu hinzukommenden vier wahlberechtigten Jahrgänge und weiterer Zuzüge wird der Anteil der Muslime um weitere drei Prozent steigen. Auf die haben wir keinen Einfluß. Auf die Grünen Fundis haben wir ebenfalls keinen Einfluß. Bleiben übrig die SPD als Anhängsel der Grünen sowie die Splitterparteien NPD und FDP.

Diese müßten wir überzeugen können, die christli-

chen Unionsparteien zu wählen, damit die Stimmen nicht verlorengehen.«
Es folgt ein Gedankenaustausch über Argumente und Gegenargumente bei den kommenden Wahlveranstaltungen.

Endlich ist Mittag. Graml geht gemeinsam mit anderen MdB in den Speisesaal. Er fühlt sich wohler unter seinesgleichen und vermeidet es, an einem Tisch mit Ministern oder dem Bundeskanzler zu sitzen. Serviert wird Spargelcremesuppe mit grünem Spargel, gesottene Ochsenlende auf Blattspinat und Kartoffelrösti.
Nach der Suppe und dem ersten Schluck Wein wird die Stimmung gelockerter. Gramls Nachbar, ein MdB aus Berlin, kann es nicht lassen und beginnt genau wieder mit dem Thema, das Graml schon nicht mehr hören kann, weil nicht mehr änderbar. »Selbst wenn richtige Kämpfe in den nächsten fünf oder zehn oder zwanzig Jahren vermieden werden können, irgendwann kommt es zum Bürgerkrieg, das beweisen alle Länder mit moslemischem Bevölkerungsanteil. In Osttimor und im Sudan, wo die Moslems stärker sind, machen sie die Christen nieder. Oder in Mischgebieten von Pakistanis und Indern. Oder in Kaschmir und in Bosnien, da ist doch ständig was los, auch wenn dort Hindus oder Christen mal die Angreifer sind. Warum sollte das bei uns anders werden?«
Graml versucht, von diesem Thema abzulenken, nicht weil er anderer Ansicht ist, sondern weil er sich wieder ärgert. Schließlich waren nicht sie schuld, sondern die Generation um die Jahrtausendwende.

Man schlendert noch etwas vor dem Haus, wechselt ein paar Worte mit anderen Gesprächspartnern und marschiert wieder in den Sitzungssaal.
Bundeskanzler Weißkopf durchbricht die allgemeine Mittagsmüdigkeit: »Meine Herren, unser Ziel heute ist es, verwertbare Aussagen für den Wahlkampf zu finden; kein nebulöses Wunschdenken, wie ich es in der Mittagspause hie und da gehört habe. Herr Kunter, haben Sie einen Vorschlag?«
»Wir werden für eine Änderung im Grundgesetz hinsichtlich der Asylgewährung kaum eine Zweidrittelmehrheit bekommen«, meint der Innenminister. »Aber wir können zumindest diese Meinung vertreten: Wir gewähren in Einzelfällen jedem Asylsuchenden Asyl, gleich welcher Religion, Rasse und Hautfarbe. Wir treten weiter dafür ein, daß Verfolgte, die in größerer Anzahl pro Jahr ein Land verlassen müssen, von Ländern gleicher Religion und gleicher Kultur aufgenommen werden. Finanzielle Hilfestellung, wenn notwendig, sollte von der UNO erbracht werden.«
Verblüfft schaut Kunter in die Runde, als die, wie der Kanzler glaubte, vor sich hin Verdauenden plötzlich durch kräftiges Klopfen mit den Fingerknöcheln auf der Tischplatte Beifall zollen.
Weißkopf bemerkt das allgemeine Munterwerden: »Abgestimmt wird über die Vorschläge am Schluß. So, weiter!«
»Dem wachsenden Druck der USA, die Türkei als Vollmitglied in die EU aufzunehmen, konnten wir bis jetzt widerstehen. Weichen wir von unserer laschen diplomatischen Linie ab und sagen wir offen,

wie Frankreich, unsere Meinung dazu. Die Wähler stehen hinter uns.«
Nach kurzer Pause muß Graml seinen Vorschlag loswerden: »Damals, während der rot-grünen Koalitionsperioden, wurde den Aussiedlern, beziehungsweise den ausreisewilligen Deutschstämmigen in Rußland, die weitere Einreise bei uns mit der Begründung untersagt, daß aufgrund der begrenzten Aufnahmefähigkeit unseres Landes das Kontingent durch die anzuerkennenden Asylanten erschöpft sei. Machen wir die Grenzen für weitere Türken zu und kompensieren wir den Geburtenrückgang durch Aussiedler und integrationswillige Ausländer aus Osteuropa oder …«
»… wenn ihr Männer das nicht mehr selber schafft«, sagt die einzige weibliche Stimme im Raum leise. Jedoch haben alle es gehört, schauen in diese Richtung, lachen, und prompt wird das Stimmchen rot im Gesicht.
Die Blicke sind ihr jetzt unangenehm, und Graml beeilt sich, seine Aussage abzurunden: »Dieser Vorschlag« – erneutes Lachen – »beziehungsweise mein Teil des Vorschlags wäre Wahlthema, um uns gegenüber den Rechten, der Abendländischen Partei, zu behaupten. Ich kann mir aber auch diesen Punkt als möglichen Aspekt für ein eventuell neues Regierungsprogramm vorstellen, zumal die Aussiedler oder Ausländer zum Beispiel aus Polen oder Rußland innerhalb eines Jahrzehnts integrierbar sind.«
Es gibt allgemeine Zustimmung; weitere Vorschläge folgen.
Nach einer Reihe nicht gerade brauchbarer Ideen

kommt eine Anregung, die aus der heiteren Stimmung eine gereizte Atmosphäre bei den Parteiführungen hervorruft: »Das erste Kind ist bei jedem Paar die größte finanzielle Belastung. Was nützt aber ein hohes Kindergeld für das dritte und vierte Kind, wenn die Hälfte der jungen Paare den Schritt zum ersten Kind scheut«, sagt ein MdL, ein Landtagsabgeordneter, der offenbar den Bundesminister der Finanzen nur von öffentlichen Auftritten her kennt. »Ein höheres Kindergeld ist nicht finanzierbar«, unterbricht dieser. Aber das MdL-lein kommt da erst richtig in Fahrt: »Die Gesellschaft in Deutschland oder besser in Westeuropa polarisiert sich immer mehr auf den verschiedensten Ebenen, so auch hier in Kinderhabende und Keinekinderhabende. Ich fordere gleiches Kindergeld für alle Kinder, das ist sozialer, soziologisch besser und demographisch auch notwendig, und außerdem ist das ein Wahlthema, das viele anspricht.«
»Tja, da hat er wohl nicht unrecht.« Es folgt ein Lächeln oder mehr ein Grinsen vom Chef hinüber zum finster dreinschauenden Finanzminister.
Nach einer Reihe weiterer Vorschläge und verschiedenen Änderungswünschen gegenüber der von einer Werbeagentur erstellten Wahlkampagne folgen die Abstimmungen; die Mehrheit der Vorschläge wird angenommen. Der Kanzler zieht das Fazit der Strategieplanung: »Mit diesen Argumenten werden wir die Wahl gewinnen und wieder eine vernünftige Koalition auf die Beine stellen.«
Aufbruchstimmung herrscht; kleine Grüppchen bilden sich; so mancher würde gern länger in diesem

Hochtal, dem alten Wildbad, bleiben, umgeben von bewaldeten, zum Teil auch schon felsigen Berghängen.
Graml kennt die Berge gut. Er fährt als einer der ersten die schmale Gebirgsstraße hinunter nach Norden, Richtung Bayerischer Wald, wo sein Hof liegt und Anna schon auf ihn wartet.

»Bitte veranlasse, daß in den nächsten Tagen zuerst das Wohnzimmer, die Küche und das Bad unten renoviert werden. Dann machen wir schon mal einen Teilumzug und können so Freunde und Kollegen zum Essen einladen.«
Kerim ist oft, wenn er konzentriert nachdenkt, so geschäftsmäßig unverbindlich und kühl, denkt Laura.
»Und die Schlafzimmer?«
»Kommen später dran. In den nächsten zwei Wochen schlafen wir eben noch im Appartement.«
Er wendet sich ab und telefoniert sodann mit dem Imam der Moschee in München-Freimann, Halim Gökhan, einem alten Bekannten, zu dem er volles Vertrauen besitzt, sowie mit Dr. Mehdi Mohammadi in Hamburg. Bahadirs Vorhaben hinsichtlich einer neuen Wahlstrategie könnte als Affront gegen die Geistlichkeit mißverstanden werden, so daß er es vorzieht, die Flucht nach vorn anzutreten und die Imame vorher zu informieren.
Wie vereinbart, ruft Mohammadi spätabends zurück und teilt mit, daß es ihm gelungen sei, in Absprache mit Gökhan und dem ZMD einen Kreis maßgeblicher Imame kurzfristig zu einer gemeinsamen Aussprache einzuladen. In Frage gekommen sind als

Treffpunkt das Islamische Zentrum in Hamburg, herrlich gelegen an der Außenalster, und das Islamische Zentrum in München. Beide Orte sind zwar nicht gerade zentral gelegen, aber allen Beteiligten ist, ohne daß sie es aussprechen, bewußt, daß Orte wie Köln oder Berlin als Milli Görüs Hochburgen nicht in Betracht kommen.

»Du fährst nach München?«

»Ja, denn bevor ich meine Ideen verwirklichen kann, die mir am ersten Abend in Berlin gekommen sind – du weißt, als ich dir den Wein weggetrunken habe –, da muß ich diese Vorstellungen erst noch mit unseren Religionsvordenkern abstimmen.«

Kerim sieht ihre fragenden Augen, aber wie kann sie auch verstehen? Schließlich hat er ihr verschwiegen, daß er die Chance hat, zum Parteivorsitzenden gewählt zu werden, um ihr die Enttäuschung zu ersparen, falls es nicht eintreten sollte.

Donnerstag, 5. Juli

Bahadir wird im neuen Haus des Imam, das in München-Freimann im maurischen Stil erbaut wurde und als solches eher in einer Fels- oder Wüstenlandschaft vorstellbar ist, hier aber im Grünen, nahe bewaldeter Hügel steht, von Gökhan und Mohammadi empfangen. Im Arbeitszimmer anwesend sind bereits eine Reihe Vorbeter verschiedener Moscheen, Vertreter der Türkisch-Islamischen Union, der Anstalten für Religion in Deutschland und des Zentralrats der Muslime in Deutschland sowie je ein Vertreter der Islamischen Gemeinschaft Milli Görüs und des türkischen Alevitenbundes. Diese haben bereits im voraus, bevor Bahadir zu ihnen stößt, über ihn, den in der breiten Öffentlichkeit stehenden Politiker, diskutiert. Über die Tragweite dieser Besprechung und der anstehenden Entscheidung waren sie sich bewußt.
Bahadir ist befangen. Schließlich möchte er ja gerade sie, den Islam und deren Träger, zumindest vor den Augen der Wähler, in den Hintergrund verbannen.
»Lieber Herr Bahadir«, Mohammadi ist, entgegen dem mehr prüfenden, abwartenden Kurzgespräch vor ungefähr zwei Wochen in der Philharmonie, ausgesprochen freundlich und führt Bahadir an den Schultern zu einem Sessel.

»Jetzt lassen Sie ihren Gedanken freien Lauf.«
Bahadir schweigt, sammelt sich, dann langsam beginnend, entwickelt er, immer lebhafter werdend, seinen Plan: »Unsere ISU hatte bei der letzten Wahl vor vier Jahren vierundzwanzig Prozent aller Stimmen. Legen wir den heutigen demographischen Aufbau unserer Wählerschaft zugrunde, der ja inzwischen die nun wahlberechtigte Jugend angehört sowie die neu eingedeutschten Muslime, so erreichen wir auch nicht mehr als ungefähr siebenundzwanzig Prozent. Die ISU ist zwar die Gottespartei, und wenn wir sicher sind, daß alle unsere muslimischen Brüder uns wählen, dann …«
»… das lassen Sie mal unsere Sorge sein, Herr Bahadir.«
»… dann sollten wir versuchen, auch andere Wahlberechtigte unsere Partei wählen zu lassen.«
»An welche Gruppen denken Sie?«
»Unsere Zielgruppe sind alle Einwanderer und deren Nachkommen, die ähnliche Probleme haben wie wir. Ich denke da an alle östlich von Deutschland gelegenen Herkunftsländer mit christlichen Rumänen, Russen, Polen, Bulgaren oder auch die Schwarzen aus Angola, Mosambik usw. Wenn wir sie zu Wahlveranstaltungen einladen, dabei nur über unsere weltlichen Probleme und deren Lösungen reden, so wie es CDU und CSU tun, …«
»Diese Parteien sind kein Maßstab für uns!«
»… wenn also das ›I‹ unseres Namens ISU im Hintergrund bleibt, dann können wir auch einen Teil dieser Christen oder Ungläubigen für uns gewinnen.«
»Und wieviel Prozent erwarten Sie gesamt?«

Bahadir merkt, daß er keinen Widerstand zu befürchten hat. Er ist wieder gelöst, und fast schon übermütig erwidert er: »Nach oben offen.«
Leider wird kein Tee gereicht, kein stärkendes süßes türkisches Gebäck; schließlich hat der Fastenmonat Ramadan begonnen.
Auch verschwinden die Religionsmänner mal aus dem Raum. Es dauert einige Zeit, bis sie wieder zurück ins Arbeitszimmer kommen und ihm, Bahadir, die Hand reichen:
»Wir hoffen auf gutes Gelingen Ihrer Pläne. Vorher wünschen wir Ihnen natürlich noch viel Glück bei der Wahl zum Vorsitzenden.«
Hat Bahadir vielleicht ein ganz feines Augenzwinkern erkennen können?

In Hochstimmung läßt er sich zu seinem Bruder und zu seinen Kindern fahren, soweit Kinder diesen Alters abends zu Hause sind. Von da aus erledigt er noch eine Reihe von Telefonaten mit Münchner Freunden, erzählt ihnen von seinem Treffen mit führenden Imamen, daß sie ihm Glück bei der Wahl zum Vorsitzenden gewünscht hätten, unterläßt es aber bewußt, sie vor der Wahl in seine Pläne einzuweihen.

Am nächsten Abend ist er zurück im Berliner Appartement. Er legt seinen Arm um Lauras Schulter. »Stell dir vor, die wählen mich nächste Woche zum Vorsitzenden der Partei, na?«
»Du wirst noch weniger Zeit haben für die Familie.« Und nach einer kurzen Weile fügt sie hinzu: »Bist du

sicher, daß du das willst und daß du das durchhältst, Diskussionsrunden im Fernsehen auf verschiedenen Sendern, im Bundestag in der ersten Reihe sitzen und zu jedem Thema eine Meinung haben zu müssen? Ich könnte dann nicht mehr ruhig schlafen.«
Laura hat sicherlich recht. »Ich habe noch gar nicht alle Konsequenzen durchdacht. Manchmal nähert man sich einem Ziel, ohne daß man sich dafür entschieden hat. Das ist Vorherbestimmung, Kismet.«
In den nächsten Tagen zieht sich Bahadir in sein provisorisch eingerichtetes Arbeitszimmer im neuen alten Haus zurück und bereitet seine Rede für den Sonderparteitag vor.
Welche Schritte und welche von ihm gewünschten Veränderungen soll er schon während der ersten Rede preisgeben? Welche Vorstellungen soll er besser nicht erwähnen, um seine zum Teil konservativen und unbeweglich denkenden Parteifreunde nicht vor den Kopf zu stoßen?

Samstag, 7. Juli

Julia hat Vanessa überredet, mit ihr zwei Tage lang den Landesparteitag der Grünen zu besuchen, der am Wochenende in Deggendorf stattfinden soll.
Vanessa fährt mit dem Wagen zu dem Einfamilienhäuschen von Alexander und Julia Hausmann, wo sie zuerst von den beiden Boxerhunden an der Gartenpforte empfangen und dann von Alexander mit einem flüchtigen Baiser begrüßt wird: »Komm rein, wir frühstücken gerade.« Rein hieß in diesem Fall auf die Terrasse hinter dem Haus. Angenehm blitzen die Strahlen der Sonne durch das Grün eines Kirschbaums. Julia holt aus der Küche noch eine Tasse, doch Vanessa, einen Blick auf den Frühstückstisch werfend, dreht sich um und bringt sich auch Teller und Messer mit.
»Ich konnte heute früh nicht essen. Peter war schon in der Küche, und da hab' ich jede Diskussion vermeiden wollen.«
»Alles klar, wir haben noch eine Stunde Zeit bis zur Eröffnung. Kannst nachher das Fahrrad von Alexander nehmen.«
Diese Bemerkung, so unwichtig sie im ersten Moment erscheinen mag, so herausragend wird ihre Bedeutung bei der Ankunft vor dem Kongreßgebäude,

als Hunderte Gleichgesinnter ebenfalls einen Standplatz für ihr Rad suchen und, schon als kultische Handlung wertend, ihr Fahrrad dem gleichzeitig oder Sekunden später Ankommenden als Gegengewicht anbieten, wobei dieses gesellschaftliche Muß des Mit-dem-Fahrrad-Eintreffens auch gleich zur Kurz-Kontaktaufnahme dient.
Julia und Vanessa zeigen am Eingang ihre Mitgliedskarten, finden noch zwei Plätze in der Mitte der Stuhlreihen, und nach ein paar freundlichen Worten nach rechts und nach links wird der Parteitag vom Landesvorsitzenden Detlef Weinzierl eröffnet.
Ziel des Parteitages sei es, eine Mitgliederbefragung über wichtige Themen auf Bundesebene durchzuführen und verstärkt den Kontakt der Basis zur Parteiführung zu halten, um aufkommende Nuancierungen in Sachfragen und eventuelle neue Strömungen im Ansatz erkennen zu können.

Als erster Redner tritt MdB Boris Pentke, Gastredner aus Berlin, auf.
Er versucht darzulegen, warum eine Weiterführung der supergroßen Koalition zusammen mit CDU/CSU und SPD nicht mehr möglich sei und die Grünen in der nächsten Legislaturperiode die zeitweise faschistoiden Vorstellungen der eben genannten Parteien nicht mehr mittragen könnten und statt dessen die ISU in der Opposition unterstützen wollten.
Na ja, Julia ist viel mehr interessiert an dem nächsten Beitrag von Beate, einer jungen Frau, die sie

beim letzten Treffen kennengelernt und mit der sie sich gleich gut verstanden hatte.

»Liebe Freunde, aus der Zeitung wissen wir alle, daß die Gefängnisse immer voller werden oder, korrekter gesagt, der Prozentsatz an Inhaftierten weiter steigt. Nehmen wir ein Delikt heraus, das in den letzten Jahrzehnten überproportional zugenommen hat, die Vergewaltigung. Grund für diese Zunahme mag auch die immer geringer werdende Bereitschaft zur Eheschließung und die Zunahme von Single-Haushalten sein. Die Männer, die mehr Glück bei Frauen haben, profitieren natürlich davon. Männer dagegen mit weniger Akzeptanz bei Frauen suchen dann vermehrt ihr Problem durch eine Vergewaltigung zu lösen.
Aufgrund der Häufigkeit müssen wir also differenzieren und können nicht alle diese Männer lebenslänglich ins Gefängnis stecken. Eine Relativierung und ein abgestuftes Strafmaß sind denkbar nach der Art, wie es geschieht.
In einer vom Mann beherrschten Stellung, ihn von Antlitz zu Antlitz sehen zu müssen, ihn so nah riechen und hören zu müssen, ist die intensivste und schlimmste Art der Vergewaltigung. Andere Praktiken dagegen, vielleicht mehr nur beschränkt auf das geschlechtlich Spezifische, ohne die Angesicht-zu-Angesicht-Konfrontation durch den real existierenden Mann, erlauben unserer Phantasie die Vorstellung eines imaginären Idealpartners. Meine Damen, wenn wir ehrlich sind, so steigt auch bei uns die Lust vielleicht gerade bei einer Vergewaltigung.«

Gelächter kommt auf, hörbar mehrheitlich aus männlichen Kehlen.
Das hat sie befürchtet. Beate überspringt den Rest ihres Manuskriptes und kann noch mit erhobener Stimme ins Mikrofon rufen: »Ich bitte darum, einen Ausschuß einzusetzen, um diesen Fragenkomplex zu erörtern.«
Weiteres Gelächter kommt auf, dann vereinzelt Klatschen, vereinzelt Pfiffe, ein paar in den Raum gerufene, nicht ganz freundschaftliche Bemerkungen, die wiederum von Gelächter begleitet werden.
Der Diskussionsleiter läßt sich einige Zeit, bis er das langsam verhaltener werdende Reden und Lachen unterbricht: »Meine Damen und Herren, Sie wissen sicherlich alle, daß sämtliche Abstimmungen erst morgen nachmittag durchgeführt werden. Zu unserem nächsten Thema ›Wirtschaft und Verkehr‹ haben wir eine Reihe von Diskussionsbeiträgen.«

Julia geht Beate, die ziemlich geknickt das Podium verläßt, entgegen und legt ihren Arm um sie: »Auch ich habe lachen müssen. Du wirst sehen, viele, die gelacht haben, werden für deinen Vorschlag stimmen.«
Sie bringt Beate zu ihrer Sitzreihe und nimmt dann ihren eigenen Sitz neben Vanessa wieder ein. Vom folgenden Beitrag hört sie noch:
»… fordern wir die Bayerische Staatsregierung auf, die Donau bis Kehlheim endlich mit einer Wassertiefe von 2,80 Metern ganzjährig befahrbar zu machen, wenn möglich mittels eines zweiten Seitenka-

nals. Schließlich ist allen bekannt, daß der Energieverbrauch der Binnenschiffe pro Tonne per Kilometer erheblich niedriger ist als der der Bahn, von den immer noch vereinzelt fernfahrenden Lkw gar nicht zu reden.«
»Haben Sie nicht das Hochwasser vergessen?«
»Eben nicht, im Gegenteil. Wir haben die Erfahrung gemacht, daß ein Seitenkanal vorteilhaft bei der Steuerung des Hochwassers eingesetzt werden kann. Im schlimmsten Fall werden bei Hochwasser die Kanalschleusen geschlossen, das Wasser muß durch das alte Flußbett und dessen Überschwemmungswiesen fließen. Etwas gemildert wird der höchste Wasserpegel dadurch, daß die Seitenkanäle und eine Reihe von den in den letzten zwei Jahrzehnten erstellten Stichkanälen und neuen Hafenbecken Wasser aufnehmen und verzögert wieder abgeben.«
Der Sprecher bittet, den Vorschlag auf die Liste notwendiger Verkehrsprojekte aufzunehmen.
»Ich schließe mich den Vorstellungen meines Vorredners an«, sagt der nächste Redner, »aber im Zusammenhang mit dem Donauausbau halten wir es für unbedingt erforderlich, wenigstens eine Eisenhütte im süddeutschen Raum zu haben. Nachdem seit zwei Jahrzehnten kein Eisenhüttenwerk mehr in Bayern existiert, fordern wir den Aufbau einer neuen Maxhütte, damit unser Stahlschrott, wie hauptsächlich alte Autos, im eigenen Land entsorgt wird. Vorzugsweise sollte die neue Hütte an der Donau oder nahe dem Main-Donau-Kanal, verbunden mit einem Stichkanal, gebaut werden.«

Vanessa schaut Julia von der Seite an; Julia spürt den Blick, schaut Vanessa an, und beide stehen gleichzeitig auf. »Vielleicht treffen wir in der Cafeteria auf ein paar interessante Typen.«
Sie setzen sich unter einen Sonnenschirm auf die Terrasse, trinken einen Piccolo und schauen. Aber das Schauen verliert an Reiz, wenn die »Beschauten« sie kaum eines Blickes würdigen und die kleinen Ringlein oder kleinen glitzernden Steinchen am Ohr vielleicht andere Interessen signalisieren.

Donnerstag, 12. Juli

Peter Bachmeier kommt zurück von einem Waldlauf, besser gesagt einem Kombinationslauf, bestehend aus Blaubeerpflücken, Vögelbeobachten und Laufeinlagen. Er hat sich wieder erholt von seiner Schwäche, oder war es Grippe mit Fieber, zumindest von etwas, das die Natur von sich aus wieder regulieren kann, wie er meint.
Er holt seine Süddeutsche Zeitung, die er für die Zeit seines Urlaubs hierher umbestellt hat, aus dem Briefkasten, macht sich das Frühstück und freut sich auf ein, zwei Stunden Lesen. Am Donnerstag interessiert ihn am meisten der wissenschaftliche Bericht »Aus Umwelt, Wissenschaft und Technik«:
– Bei einem weiteren Versuch zur Kernverschmelzung an dem Forschungsreaktor Iter, dem Internationalen thermonuklearen Experimentalreaktor in Japan, konnte heißes Plasma über fünfzehn Minuten lang aufrechterhalten werden. Allerdings ist die zugeführte Energie zur Erhaltung des Magnetfeldes immer noch höher als die errechnete Energie der Kernverschmelzung.
– Der Sauerstoffgehalt der Atmosphäre in Bodennähe liegt wieder etwas niedriger als im Vorjahr. Der Jahresdurchschnitt, ermittelt aus Meßwerten

des letzten Winters und dieses Sommers, ergibt zirka 19,9 Prozent. Bei geringfügig erhöhtem Stickstoffgehalt erhöhte sich der Kohlendioxidgehalt im Verhältnis zu seinem ursprünglichen Luftanteil beträchtlich.
Während Mitteleuropa sich mit seinen bewaldeten Mittelgebirgen noch unter den Sauerstoff-Nettoproduzenten befindet, sind seit der ersten von der UNO geführten Statistik die arabischen Staaten, voran Ägypten mit seinen hundert Millionen Menschen und verschwindend geringer Waldfläche, die stärksten Sauerstoffverbraucher. Die Pflanzenwelt der Meere, die früher beträchtlich zur Sauerstoffproduktion beigetragen hatte, ist stark in Mitleidenschaft gezogen. Man geht davon aus, daß auch hier die hohe Strahlenkonzentration des ungefilterten UV-B-Lichtes die Algen schädigt.
Eine Nachricht elektrisiert Bachmeier.
– Japan beginnt die zweite Generation der waagerecht startenden und wiederverwendbaren ersten Stufe seiner Raumfähre zu testen. Mit diesem System ist es erheblich wirtschaftlicher, Menschen und Material in eine Erdumlaufbahn zu bringen. Es wird erwartet, daß in zwei Jahren vermehrt zahlende Gäste im Raumhotel in fünfhundert Kilometern Höhe begrüßt werden können.
Die Kombi-Triebwerke, bestehend aus einem herkömmlichen Triebwerk mit Verdichter und Turbine, beschleunigen den flugzeugähnlichen Gleiter auf Überschall. Dann leiten die variablen Lufteinläufe den Luftstrom zu den um das Kerntriebwerk positionierten Ramjet-Brennkammern. Diese arbeiten auf-

grund des Staudruckes ohne Verdichter und somit natürlich auch ohne Turbine. Über verstellbare Düsen treibt das heiße Gas den Gleiter auf Mach 7 und eine Höhe von dreißig Kilometern. Dort wird die zweite Stufe ausgeklinkt und beschleunigt auf die für den Orbit notwendige Geschwindigkeit, während die erste Stufe zur Erde zurückgleitet.
Ein so uralter Hut. Schließlich war dies genau das Projekt Sänger der alten DASA in München. Leider konnte damals nur ein Raumtransportersystem in Europa entwickelt werden. Man entschied sich für die Ariane 5. Heute sind in Europa für solche Entwicklungen keine Mittel mehr frei.
Bachmeier fehlt die Gelassenheit. Ein unterschwelliger Ärger läßt ihn die Zeitung zwar noch weiterlesen, aber das Gelesene erreicht nicht mehr sein Bewußtsein.
Peter hört vor seinem Hof ein Auto halten. Egal, wer es ist, der Jemand wird schon die Terrasse mit dem Stilleben »Frühstückstisch, Kaffee und Zeitung« finden.
Vanessa, seine, wie er einmal glaubte, Lebensgefährtin für »länger«, kommt und gibt ihm einen flüchtigen Kuß.
»Magst du einen Kaffee?« Sie nickt, und er begibt sich in die Küche. Peter merkt, daß er sie, ohne weiter nachzudenken, schon wieder wie einen Gast behandelt hat. Die naheliegende Frage: »Woher kommst du jetzt am frühen Vormittag?« stellt er nicht.
Nach dem ersten Schluck frischen Kaffees muß sie das Gespräch eröffnen, um zu verhindern, daß er sich wieder in die Zeitung vertieft.

»Peter, wir müssen miteinander reden. Es geht so nicht weiter.«
Er nickt. »Du kannst deine Sachen, Möbel usw. hierlassen, bis du eine neue Bleibe gefunden hast.« Vanessa ist überrascht, daß er gedanklich schon so weit mit der Trennung fortgeschritten ist. Sie hat das ungute Gefühl, sich entschuldigen oder zumindest die gemeinsame Lage analysieren und erklären zu müssen.
»Du verkriechst dich auf deinem Hof. Das ist mir zu langweilig. Ich bin jetzt fünfundvierzig Jahre, und ich möchte noch was erleben.«
Peter nickt ihr zu. »Du hast dein Zimmer noch. Weißt du, wann du ausziehen willst?«
»Nein, ich weiß auch noch gar nicht, ob ich mir eine Wohnung in München oder in Deggendorf nehmen soll.«
»Ich kenne sicherlich nicht alle deine Freunde. Ich kann dir da kaum einen Rat geben.«
»Mußt du nicht.« Sie steht auf und gibt ihm jetzt einen Kuß auf den Mund. »Ich mache uns jetzt ein Mittagessen.«
Sie ist erleichtert, daß die Aussprache so problemlos verlaufen ist und ihr Verhältnis eine ruhige Bahn in eine freundschaftliche Nachbeziehung nimmt. Peter holt sich eine Hacke und beginnt das Erdreich zwischen den Kohlrabis aufzulockern und Unkraut zu jäten. Immer, wenn er sich entspannen oder ablenken möchte, beginnt er eine Arbeit, die wenig Denkleistung erfordert. Die Gedanken gehen auf Reise, ungezügelt, und landen prompt wieder bei zwei lächelnden blauen Augen.

Peter schaltet in seine Gedanken etwas Willen ein, und es entsteht der Plan, Gretl ganz einfach wieder mal anzurufen, um vielleicht etwas gemeinsam zu unternehmen. Dieser Gedanke belebt seine Lebensgeister.
»Begeistert dich unsere Trennung so, daß du wieder anfängst zu pfeifen?«
Peter lächelt und schweigt.
Nach dem Mittagessen macht sich Vanessa wieder auf den Weg.»Ich weiß noch nicht, wann ich wiederkomme.«
Er braucht einige Zeit, um sich zu konzentrieren, und ruft dann Gretl im Geschäft an. Sie ist noch dort tätig.
»Läßt du auch mal wieder was von dir hören?« Es klingt vorwurfsvoll, oder soll es nur, schauspielerisch mit Schmollmund begleitet, vorwurfsvoll klingen?
Sie verabreden sich zum Tennisspiel am nächsten Tag, abends um sieben Uhr.
Peter ist am nächsten Tag schon zehn Minuten vor sieben auf dem telefonisch vorbestellten Platz, übt ein paar Aufschläge, da kommt SIE.
Sie lächelt, kommt auf ihn zu, hält ihm ihre Wange hin, und Peter gibt ihr einen Wangenkuß.
»Gretl!« Sie sehen sich in die Augen. Beide wissen, daß der andere ihn mag.
»Komm, laß uns spielen. Nach dem Spielen gehen wir etwas trinken oder essen, und dann können wir uns unterhalten.«
Peter geht zu der Seite, auf der er in die untergehende Sonne schauen muß. Er versucht, da sie schon lange nicht mehr zusammen gespielt haben

und er ihre Spielstärke nicht mehr einschätzen kann, die Bälle schön weich zu servieren. Aber wie so oft geht zu intensives Entgegenkommenwollen gerade schief, und seine eigenen Bälle landen oft im Netz. Anschließend an das Spiel gehen sie duschen und verabreden sich noch auf ein Bier an der Bar. Peter wartet vor der Tür auf sie. Beim Hineingehen legt er leicht seine Hand auf ihre Schulter. Sie dreht sich weg. Zwar nicht böse oder spitz, aber doch klar; mit einem Lächeln bedeutet sie ihm, das zu lassen.
»Nicht, ich mag das genausowenig wie das Busengrapschen.«
»Ach was, du meinst unsere Kollision vor zehn Jahren?« Sie schaut ihn nur an.
»Wir standen dicht gedrängt. Wir hatten alle etwas in der Hand. Gläser, was zu essen. Wenn meine Außenhand dich da gestoßen hat, war das eine ungeschickte Bewegung von mir oder von uns beiden. Ich hielt es in dem Moment für besser, es zu übergehen. Prompt machte unser Freund Kirch eine blöde Bemerkung, und ich stand hilflos da als Täter.«
Sie unterhalten sich an der Bar über vergangene Tage, über gemeinsame Freunde und Bekannte. Sie verabschieden sich später vor ihren Autos freundlich, aber …
Zu Hause angekommen, stärkt sich Peter mit einem Whiskey. Was nun?

Sonntag, 15. Juli

Bahadir fühlt sich wohl in Sitzungen von Arbeitskreisen und Ausschüssen. Dort, im überschaubaren Kreis von vielleicht zehn bis zwanzig Personen, kann er sich ohne Mikrofon mit wohlklingender Stimme akustisch durchsetzen. Zudem ist er als Rechtsanwalt geschult im Aufbau eines logischen Gedankens und im Abwiegeln und Kontern gegnerischer Argumente.
Obwohl er schon drei Reden im Bundestag (vor ziemlich leeren Sitzen) gehalten hat und in einer Reihe von Wahlveranstaltungen als Gastredner aufgetreten ist, ist Bahadir heute früh doch etwas aufgeregt vor seiner in der ISU mit Spannung erwarteten Rede auf dem Sonderparteitag.
Er war sicherheitshalber, um nicht seine innere Energie durch quälendes Warten in einem Autostau zu vergeuden, mit der S-Bahn gefahren und fand bei einem kleinen Fußmarsch zur Tagungshalle zu seiner gewohnten Ruhe zurück.
»As-salam alaik«, wurde Bahadir von Tüzyilmaz im Foyer herzlich willkommen geheißen. Gesprochen aber wurde, auch beim Begrüßen seiner Freunde, nur Banales. Keine Andeutung, keine Frage über Pläne. Er ist jetzt allein. Sein Sitzplatz ist, wie die der

fünf weiteren Bewerber um den Parteivorsitz, in der ersten Reihe.
Asim Karakas, Generalsekretär der ISU, eröffnet den Parteitag. Er begründet noch einmal die Notwendigkeit einer Verjüngung der Parteispitze, begrüßt alle sechs Bewerber und bittet dann Kerim Bahadir als ersten zum Rednerpult.
»Liebe Parteifreunde«, Bahadir nimmt kurz einen Schluck Wasser, und seine Stimme erlangt wieder ihre alte Festigkeit. »Wir, unsere Partei, haben viel erreicht in der Vergangenheit. Unsere Väter haben gekämpft dafür, daß wir gleichberechtigte Bürger dieses Landes werden. Sie haben erreicht, daß durch stetige Familienzusammenführung unsere Gemeinschaft ansehnlich gewachsen ist. Sie haben vor zwanzig, dreißig Jahren erreicht, daß Hunderttausenden unserer Glaubensbrüder in Krisengebieten geholfen wurde. Ich denke da an Afghanistan, Kasachstan und an nordafrikanische Staaten. Den um ihr Leben Kämpfenden konnten wir, zumindest zu einem gewissen Teil, hier eine neue Heimat geben.
Und wir, denken wir an die letzten zehn Jahre – die Mehrzahl von Ihnen war da schon in unseren Reihen –, wir haben Söhne und Töchter Allahs vor dem Ertrinken in Bangladesch gerettet und konnten sie ebenfalls hier bei uns aufnehmen.
Was können wir aber in der Zukunft noch erreichen? Bevor wir diese Frage stellen, müssen wir erst einmal unseren Einfluß in der Politik weiter stärken. Dies erreichen wir nur, wenn wir, die ISU, mehr Stimmen bekommen als die vierundzwanzig Prozent bei der letzten Wahl.

Wie können wir mehr Stimmen erreichen?
Indem wir versuchen, Ungläubige unsere Partei wählen zu lassen. Die Wähler, die wir ansprechen wollen, die haben zwar einerseits eine Menge gleicher Probleme, andererseits aber sollen sie wiederum keinen Einfluß auf unsere Partei gewinnen.
Wir wollen alle Eingewanderten als Wähler gewinnen, egal welcher Religionszugehörigkeit!
Heute ist der 15. Juli. Wir haben also fast noch drei Monate Zeit bis zur Bundestagswahl am 14. Oktober.
Sollten Sie mich zur Führung dieser Partei beauftragen, so werde ich Sie auffordern, in allen Ortsverbänden Wahlveranstaltungen durchzuführen und speziell jeweils die Zuwanderungsgruppen einzuladen, die in Ihrem Bezirk am stärksten vertreten sind. Sie melden der Parteizentrale diese Ergebnisse, dann werden Ihnen entsprechende Gastredner zugewiesen.«
Bahadir holt Luft. Er merkt plötzlich, daß er energischer und lauter geredet hat als sonst, und er ist verblüfft zu sehen, wie seine Hände sich wieder aus der Luft auf das Rednerpult niederlassen.
Die ersten klatschen. Die anderen finden langsam aus ihrer Faszination zurück und fallen begeistert ein. Bahadirs Gesicht entspannt sich. Er beginnt zu lächeln. Der erste Teil der Rede mit den Sofortmaßnahmen ist gesagt.
Nach einiger Zeit winkt er ab. Jetzt fühlt er die Freude, die es macht, zu Menschen zu sprechen, die wohlwollend zuhören. Er redet frei, erzählt, verkürzt gegenüber seinem Konzept seine Vorstellun-

gen über weitere erstrebenswerte Ziele der Partei. Er beendet seine Rede, der Applaus brandet ihm entgegen.
Der Generalsekretär bittet als zweiten Redner den vierzig Jahre alten Orhan Ergün, einen Aleviten, der dem gemäßigten Flügel der Partei angehört, auf die Bühne. Dieser biegt das Mikrofon auf passende Höhe, lächelt selbstsicher bei der Begrüßung des Publikums und ruft zum Erstaunen der Hörer »... freue ich mich über meinen Vorredner, den ich voll als ersten Vorsitzenden unterstützen werde. Ich beschränke meine Bewerbung nur noch auf den zweiten Vorsitz.«
Klatschen, Lachen. »Meine Rede werde ich reduzieren auf die Punkte, die das Vorgehen meines Vorredners Bahadir unterstützen können.«
Er bringt tatsächlich eine Reihe von Detailvorschlägen und wird mit Applaus verabschiedet.
Der dritte angekündigte Redner, ein junger, türkischer rechtsradikaler Eiferer, der der Gruppe der »Grauen Wölfe« zuzuordnen ist, wird vom Publikum zwar höflich, aber kühl mit mäßiger Zustimmung bedacht.
Weitere Redner aus dem Kreis der IGMG, einem Ableger der Refah-, der Wohlfahrtspartei in der Türkei, die es dort geschafft hat, die Einheit von Kirche und Staat durchzusetzen, bemühen sich um den Posten des zweiten oder dritten Vorsitzenden. Die Mehrheit des Parteivolks denkt jedoch gemäßigt und reagiert entsprechend. Es folgen Diskussionsbeiträge und Zwischenfragen, die von Bahadir, von Karakas oder vom alten Tüzyilmaz beantwortet werden.

Die zeitlich vorgezogene Abstimmung über den Parteivorsitz findet am Nachmittag statt. Bahadir erhält das Traumergebnis von zweiundneunzig Prozent aller abgegebenen Stimmen, Ergün wird mit großer Mehrheit zweiter Vorsitzender.
Abstimmungen über Sachfragen und kleinere Kurskorrekturen werden bis zum Abend durchgeführt.
Der Parteitag ist zu Ende.
Bahadir, Karakas und Ergün – der zum dritten Vorsitzenden gewählte Osman Özdogan steht von vornherein in Opposition zum geplanten Vorgehen – setzen sich noch kurz im Nebenraum zusammen, trinken gemeinsam einen Pfefferminztee und verabreden sich für den nächsten Tag zu einem Arbeitsgespräch in der Parteizentrale.
Beim Verabschieden hält Karakas Bahadirs Hand fest. »Laufen Sie nicht weg, es wartet noch jemand auf Sie!« Er verschwindet im zweiten Nebenraum. Heraus kommt ein kräftig gebauter Mann mit einer Mütze in der Hand. »Sali Meta«, sagt er. »Ich bin Ihr Chauffeur.«
Im Auto kommt Bahadir zur Ruhe und spürt, wie abgespannt er ist. Vom Wagen aus ruft er Laura an. Anscheinend ist sein Reaktionsvermögen zu erschlafft, oder Laura ist zu gespannt, denn bevor er seinen ersten Satz formulieren kann, platzt sie ihm ins Wort: »Ich weiß schon alles. Das Telefon steht nicht mehr still. Alle wollen sie dir gratulieren.«
»Ich bin in zwanzig Minuten in Falkensee.«
Zu Hause fallen sich beide um den Hals. Laura brennt vor Rededrang.

Kerim legt sich zehn Minuten flach auf den Wohnzimmerteppich. Diese Übung erhöht den Blutdruck im Gehirn und erfrischt in kurzer Zeit. Zum Abendessen ist er wieder voll ansprechbar. Sogar an die Zeit nach dem Essen hat er im voraus gedacht und vor Tagen schon eine Flasche Champagner in den Kühlschrank geschmuggelt.

Nächster Morgen: Sali Meta, der Ex-Albaner, ist mit dem Wagen, wie vereinbart, um neun Uhr vor dem Haus und klingelt. Laura öffnet die Tür, geht zurück in den Flur, um Papiertücher und einen Apfel aus dem eigenen Garten für Kerim zu holen, wendet sich wieder der Haustür zu und steht drei Männern gegenüber: dem Chauffeur und zwei Polizisten.
»Erschrecken Sie nicht, Frau Bahadir. Wir sind abgestellt für Ihren persönlichen Schutz.« Ihr Gesicht muß wohl einen sehr verdutzten Ausdruck gezeigt haben.
»Wir wollten Sie gestern abend, als wir den Auftrag erhalten haben, nicht mehr stören.« Kerim kommt hinzu. »Herr Bahadir, wir werden gleich durch die nächste Schicht abgelöst. Hinzu kommen wird ein Experte für Objektschutz.« Bahadirs fragender Blick läßt den Beamten einiges mehr verraten. »Sicherlich müßte der Zaun ersetzt werden durch einen erheblich höheren und stabileren, dazu kommen die Ausleuchtung des Zaunes während der Nacht und diverse Sicherheitsvorkehrungen am Haus selbst.«
Bahadir schaut seine Frau an. »Mach du das bitte«; er gibt seiner Frau einen Kuß und verschwindet mit dem Chauffeur zum Gartentor.

Haus und Garten sind in den nächsten Wochen voller Handwerker, Gärtner und Sicherheitsleute. Gleich zwei Tage nach der für sie beide so ins Privatleben einschneidenden Wahl kommt ein Anruf. Laura nimmt den Hörer ab:

»Alte Türkenhure!« Klick. Ist sie in den ersten Sekunden noch unbeeindruckt, so hat dieses Wort doch Langzeitwirkung. Sie beschließt, Kerim nichts davon zu erzählen. Gleich danach aber veranlaßt sie die Telekom, ihr eine Geheimnummer zu geben.

Laura ist einsam. Auch wenn Kerim mehr und mehr neue Bekannte einlädt, wenn sie zu ihnen eingeladen werden oder wenn Frau Karakas und Frau Ergün sie in ihrem Haus besuchen, das Gefühl der Vertrautheit fehlt. Gespräche sind höflich, freundlich, aber …

Da war das Leben vorher in München erträglicher. Zwar war da Kerims Familienclan, aber parallel dazu hatte sie dort ihre alten Kontakte zu Freundinnen, zu ihrem Bruder und dem Bauernhof. Wenigstens ihre Kinder werden endlich kommen, in ein paar Tagen gegen Ende des Monats, wenn in Bayern die Ferien beginnen. Dann werden sie zusammen mit den letzten Umzugsgütern hier in Falkensee eintreffen und dann selbstverständlich auch hier wohnen.

Mittwoch, 18. Juli

Bachmeier, aus seinem Urlaub zurückgekehrt, steht mit seinem »Haferl« Kaffee im Sekretariat. Um diese Zeit, nach acht Uhr, kommen und gehen ständig »irgendwelche« Abteilungsleiter, Sachbearbeiter, Sekretärinnen aus den Abteilungen: »Wo ist eigentlich der Aktenordner … « – »Wann geht mein Flug?« – »Wo ist die Besprechung für …« Zwar haben alle einen plausiblen Grund zum »Hereinschauen«, aber das kurze Schwätzchen ist es, das jeder sucht, und speziell die, die mehrere Tage zu Hause nur mit ihrem Computer online mit der Firma verbunden waren.

Bachmeier erzählt zum drittenmal, daß er seinen Urlaub nur auf seinem Hof im Bayerischen Wald verbracht habe, was die meisten großartig finden. Schließlich kennt die Mehrheit unter ihnen seinen Hof von einer Reihe von Festen her. Andere geben witzige Vorkommnisse ihres Urlaubs zum besten, gehen wieder, da kommt ein neues Gesicht. »Unser neuer Volontär«, stellt die Sekretärin ihn vor. »Riebele.«

Bachmeier, der seine Akte nur überflogen hatte, staunt über sein Alter. »Setzen Sie sich doch. Sie sind wohl ein Spät- oder Quereinsteiger.«

»Sehr quer«, sagt dieser und lächelt. »Ich war vier Jahre beim Bundesgrenzschutz. Dann bin ich im gegenseitigen Einvernehmen ausgeschieden.«
»Wieso?«
»Ich konnte nicht auf Menschen schießen. Ich war eingesetzt an der Oder. Das Schengener Abkommen aus uralten Zeiten ist in den osteuropäischen EU-Ländern einfach nicht anwendbar.«
»Sie meinen, daß die Bulgaren und Rumänen und Ukrainer zu lasch an ihren Grenzen sind, weil sie wissen, die Leute reisen ohnehin alle weiter nach Deutschland.«
»Genau, in unserem Abschnitt waren es meistens Pakistanis, Afghanen oder auch Familien aus Indonesien, so genau kann man das nachts nicht erkennen mit den Nachtsichtgeräten.«
»Und weiter?«
»Wir rufen sie an: ›Stehenbleiben, oder ich schieße!‹ Manche lassen sich abführen, manche verschwinden in den Büschen, und da hab' ich auch schon mal in die Büsche geschossen. Aber was wollen Sie machen, wenn drei Männer auf Sie zugerannt kommen?«
»Was haben Sie gemacht?«
Der Exsoldat hebt die Arme, läßt sie wieder fallen, dreht sich halb weg, wird blaß. Bachmeier merkt, daß das wohl der wunde Punkt ist.
Die Sekretärin gießt ihm eine Tasse Kaffee ein und schiebt diese mit Milch und Zucker zu ihm hin.
»Sie brauchen nicht weiterzuerzählen.«
»Ich möchte aber. Besser, Sie erfahren es von mir als von anderer Seite.« Pause.

»Also?«
»Ich bin weggelaufen.«
Bachmeier lacht, entschuldigt sich aber gleich wieder. »Darüber urteilen kann man nicht am Schreibtisch.« Nach einer weiteren Pause: »Kommt das denn öfter vor, daß man schießen muß?«
»Es kommen immer mehr. Wir haben allein an der Oder-Neiße-Grenze ein paar Tote jeden Monat. Die Selbstschußanlagen, die jetzt wieder installiert werden, sind wirkungsvoller als wir. Nur, bei uns schimpft die Presse, und uns zeigt man an, und die Menschenrechtskommission der UNO verurteilt Spanien, Italien, Deutschland und Frankreich.« Er ärgert sich, aber er verteidigt auch seinen alten Beruf. »Dabei ist doch die Anzahl von Toten an der Grenze der USA zu Mexiko zigmal höher.«
»So, jetzt lassen wir das Thema aber. Wo sind Sie hier denn eingeteilt?«
»Ich unterstütze Herrn Piontek.«
»Na dann viel Spaß.«
Bachmeier geht nach dem Gespräch die Post durch. Er ist wieder erst an einem Mittwoch aus dem Urlaub zurückgekommen, um die obligatorischen Montagmeetings, auf die er nicht vorbereitet ist, zu umgehen.
Zur Mittagszeit haben sich im Sekretariat zwei seiner Abteilungsleiter eingefunden, und gemeinsam mit ihnen und der Sekretärin, Frau Draxl, geht Bachmeier zur Kantine.
Sicherlich jeden dritten kennt man. »Mahlzeit!« Bachmeier und »die« Draxl verstehen sich gut, auch wenn sie beide eine gewisse Distanz beibehalten.

»Sie sind aber in den letzten drei Wochen erblondet!«
»Mein neuer Partner liebt blond. Aber das ist noch lange nicht alles. Ich war auf einer Beauty-Farm im Chiemgau.«
Bachmeier sieht sie genauer an. »Sie sehen tatsächlich noch jünger aus.«
Auch wenn das eine übliche Small-talk-Übertreibung ist, so wirkt sie gelöst. »Ich fühle mich wie neu geboren.« Vielleicht ist es doch mehr der Einfluß des neuen Partners.
Es gibt Krautrouladen. Er liebt die alte Hausmannskost. »Herr Fink«, wendet sich Bachmeier wieder an sein Gegenüber, »wie war denn Ihr Erlebnisurlaub?«
»Gott sei Dank haben Sie es nicht Expedition genannt. Es hätte jeder, der Ski fahren kann und etwas sportlich trainiert ist, geschafft. Außerdem waren Versorgungsdepots im Abstand von zehn Kilometern eingerichtet, und nur die letzte Etappe vom letzten Depot bis zum Nordpol und wieder zurück war anstrengend und aufregend.«
»Wie sind Sie denn überhaupt hingekommen?«
»Der Reiseveranstalter ›Expedition Club‹ fliegt mit einer hundertsitzigen Maschine bis Spitzbergen. Dort wurden wir in drei Gruppen aufgeteilt und mit einer kleinen Maschine, die sowohl Räder als auch Kufen ausfahren kann und Kurzstarteigenschaften besitzt, bis zum Basislager geflogen, vierzig Kilometer vom Pol entfernt.«
»Das Eis, der Schnee sind doch uneben.«
»Die haben sogar eine Planierraupe dort, Treibstofftanks, Heizöl, eine kleine Krankenstation, hun-

dert Betten und ebensoviel Notlager. Und wenn das Flugzeug keine Passagiere fliegt, dann holt es Nahrungsmittel von Spitzbergen und wirft die vorgefertigten Lasten mit Fallschirmen nahe den drei Depots ab, mit Gasflaschen für die Kocher, Whiskey, Kerzen und so weiter. Wenn eine Gruppe von Teilnehmern mit ihrem Führer kommt, sammeln sie zuerst die rot gekennzeichneten Lasten mit den Schlitten, die bei jedem Depot oder Camp sind, ein, und dann wird vor Ort gekocht.«

»Bei zwanzig, dreißig Grad minus?«

»Ach was. So kalt ist es im Sommer gar nicht. Schließlich eiert die Sonne ständig am Horizont und geht nicht unter, und die Traglufzelte sind geheizt, und die Luft ist ähnlich wie auf einer Almhütte.«

»So stinkig nach Schweißsocken und Schnaps?«

»Genau.«

»Und direkt am Pol?«

»Im Umkreis von zehn Kilometern ist jedes Lager verboten, sonst würden die hier eine kleine Stadt aufbauen mit Kiosken und Ansichtskartenverkauf. Irgendwie muß man sich das Erreichen des Pols ja auch verdienen. Am Pol direkt ist nur ein Kasten mit dem … nicht Gipfelbuch, mit dem Polbuch, da kann sich jeder eintragen. Die erste Seite ist dem Peary gewidmet, der zuerst hier war. Das vermittelt dann ein Gefühl der Größe.«

»Aber das Eis wandert doch.«

»Richtig, das Gestell mit dem Buch wird jedes Jahr an die neu vermessene Position gebracht. Für die Depots ist die leichte Eiswanderung nicht wichtig.«

»Na ja«, seufzt Bachmeier. »Es gibt auf der Erde keinen Flecken mehr, der vor der Spezies Mensch sicher ist.«

Der Rest des ersten Arbeitstages verläuft weiterhin ruhig. Er läßt sich von seinen Abteilungsleitern unterrichten, was in den letzten drei Wochen vorgefallen ist, liest die Antworten und Zwischenberichte seiner Kollegen aus den USA und Frankreich und versucht, seine nächsten Schritte zu überdenken.
Es ist später Nachmittag; keine eiligen Entscheidungen sind notwendig; Bachmeier freut sich auf einen Stadtbummel und fährt mit der S-Bahn ins Herz von München, zum Marienplatz. Dieser Mittelpunkt zusammen mit der Kaufingerstraße und einigen Querstraßen gehört allen Bevölkerungsgruppen; entsprechend ist das bunte Treiben.
Ein zweiter Blick aber läßt das Fehlen jeglicher Eleganz erkennen, kaum ein Blickfang, die Menschen sind verarmt. Ist es die Verarmung, oder ist München verproletarisiert?
Er flieht Richtung Odeonsplatz. In der Theatinerstraße wird es besser. Besser? Die Passanten sind besser gekleidet. Aber ohne bestimmte Absichten zu haben, würde man sich nun mal nette junge Damen lieber anschauen als dieses Publikum von vorwiegend Fünfzig- bis Siebzigjährigen. Wie früher auch, setzt sich Bachmeier draußen auf einen freien Platz des Cafés am Odeonsplatz, bestellt seinen Cappuccino mit einem Stück Schwarzwälder und beobachtet die Vorbeiströmenden.
Zwei nette, junge Damen schlendern vorbei. Sie lächeln. Aber sie meinen nicht ihn. Früher kam es

doch öfter vor, ein Blickkontakt, ein kurzes Lächeln. Ein Lächeln, welches die eigenen Gesichtszüge sich entspannen ließ, welches schlagartig Laune, Selbstbewußtsein und Unternehmungsgeist wachsen ließ. Es ist ihm bewußt, daß es an ihm selbst liegen muß. Zwar ist er erst neunundvierzig Jahre alt, doch er kennt den Satz, daß jeder ab einem bestimmten Alter für seinen Gesichtsausdruck selbst mitverantwortlich wird. Aber gerade das ist es ja. Er fühlt sich nicht mehr unbekümmert, sondern eher zynisch, leicht verbittert, genau das, was ein weibliches Lächeln abschreckt.
Die Schatten werden länger, er zahlt. Zwar möchte er langsam aufbrechen, aber manchmal fehlt doch der letzte »Kick«, ein winziger Anlaß, um es tatsächlich zu tun. Dieser Anlaß kommt in Form des wiederkehrenden Kellners, der sich hinter seinem Stuhl zum Nachbartisch durchzwängen will. Hilfsbereit steht Bachmeier auf, rückt dabei seinen Stuhl ein paar Zentimeter nach hinten, muß dabei wohl den Kellner berührt, zumindest aber irritiert haben, denn dieser dreht sein Gesicht zu ihm nach links, dabei das Tablett in seiner rechten Hand vielleicht nicht mehr vollständig unter Kontrolle haltend. Die Suppe in der kleinen Terrine – am Frühabend um neunzehn Uhr trinkt man schließlich keinen Kaffee mehr – schwappt ein wenig über den Rand, über das Tablett, und einige Spritzer erreichen den cremefarbenen Rock der Dame, die plötzlich neben dem Kellner steht und direkt hinter Bachmeier gesessen haben muß. Sicherlich hat auch sie gerade Platz machen wollen. Sie schaut Bachmeier an; dieser deutet

den Blick als vorwurfsvoll und entschuldigt sich wegen seines Mißgeschickes. Beide gehen schweigend an den Tischen vorbei bis auf den Gehweg.
»Ich werde Ihnen natürlich die Kosten der Reinigung bezahlen.«
»Und was mache ich heute abend mit dem verschmutzten Rock?«
»Wenn ich an Ihrer linken Seite gehe, wird kein Mensch diese Flecken entdecken.«
»Dann werden Sie die beiden jungen Damen, denen Sie im Café so nachgestarrt haben, nie einholen.«
Bachmeier lacht. Jetzt erst sieht er ihr bewußt ins Gesicht. Sie lächelt ihn an. Warum hatte er diese Frau vorher nicht bemerkt? Sie ist jünger als er, hat ein liebes Gesicht. »Ich lade Sie zum Essen ein.« Sie stimmt zu. Beide gehen die nahe U-Bahn-Treppe hinunter, fahren Richtung Schwabing, steigen an der Münchner Freiheit wieder aus und suchen dort ein ruhiges Restaurant.
Sie unterhalten sich angeregt, aber Bachmeier weiß, die große Liebe wird es sicher nicht. Trotzdem reizt es ihn, die für ihn unbekannte Neue zu berühren und »rumzukriegen«. Andererseits, morgen ist ein Arbeitstag, ausschlafen nicht möglich. Bin ich wirklich schon so alt, daß ich über diese Prioritäten nachdenke und sie abwägen muß?
Er bemerkt, daß sie ihn beobachtet. »Ihnen kann man richtig ansehen, wie Sie überlegen.« Sie schaut ihm ruhig, mit einem feinen, kaum merklichen Lächeln um Augen und Mundpartie voll ins Gesicht. Sie schweigen. Bachmeier zahlt. Draußen auf der Straße schaut er sie an, ruhig, leicht herausfordernd:

»Wir werden jetzt die Flecken in Ihrem Rock auswaschen.« Jetzt scheint sie doch irritiert, schaut zu Boden. Er legt seinen Arm um ihre Schultern, sie dreht sich zu ihm hin, er gibt ihr einen Kuß und spürt bei enger Tuchfühlung ihrer Körper ihre Bereitschaft.
Mit einem Taxi fahren sie zu seiner Wohnung. So plump war er früher nie. Vielleicht liegt es daran, daß ihm ihre Zustimmung gar nicht so überragend wichtig erscheint? Gerade diese Wurstigkeit verleiht ihm also eine Dominanz ihr gegenüber. Wie hilflos hat er sich in den Fällen benommen, in denen er ein Mädchen unbedingt erobern wollte. An »Blauauge« darf er gar nicht denken. Hier liegt offensichtlich ein Programmierfehler der Natur vor!
Die beiden verstehen sich prächtig. Sie lachen und kichern; nur eins müssen sie wohl vergessen haben, die Flecken im Rock, der achtlos am Boden liegt.
Hat Peter, so kann sie ihn jetzt nennen, früher in der Jungmännerzeit immer versucht, den Orgasmus möglichst lange hinauszuzögern, so spürt er jetzt immer mehr, wie lange er sich anstrengen muß, um ihn zu bekommen.
Nach einer Pause, die er eingelegt hat, stellt er sich wieder vor, »Blauauge« sei anstelle von Maria im Raum, hätte die gleiche Entkleidungs- und Annäherungsphase mitgemacht, malt sich ihren Gesichtsausdruck aus, ihr Stöhnen …
Es klappt.

Dritte Woche im Juli

Der Generalsekretär und sein Apparat wie auch Bahadirs neue Sekretärin, Frau Dilek Özkal, die er von seinem Vorgänger Tüzyilmaz übernommen hat, geben sich Mühe, Bahadir in den ersten Tagen nach der Wahl zu managen. Lästig sind die mehr oder weniger wichtigen Termine, Interviews mit Zeitungskorrespondenten oder Radio- und Fernsehreportern.

Nach drei Tagen merkt er aber, daß es so nicht weitergeht und er selbst die Prioritäten so setzen muß, daß seine Hauptziele nicht im Wust der »unbedingt notwendigen Arbeiten« untergehen.

Bahadir, Karakas und Ergün verstehen sich großartig. Sie müssen in kurzer Zeit einen Kader von rund fünfzig Wahlrednern zusammenstellen. Es sind die Bekanntesten ihrer Partei aus dem Bundestag, dem Europaparlament, weitere aus den Landtagen sowie sieben Zweite Bürgermeister. Eingeladen werden alle zu einem eintägigen Seminar am Sonntag, dem 29. Juli, auf ihr Schloß in Mecklenburg, ihre Tagungs- und Fortbildungsstätte.

Samstag, 28. Juli

Bahadir kommt schon am Samstag nachmittag auf dem Schloß im Mecklenburgischen an. So hat er Gelegenheit, alle zur Tagung eingeladenen ISU-Mitglieder selbst zu begrüßen und in einem persönlichen Gespräch kennenzulernen. Er führt diese Gespräche auf deutsch, auch wenn einige ihn auf türkisch begrüßen und lieber in ihrer Muttersprache reden. Schließlich sollen sie ihre Vorträge, die ja hauptsächlich an die Eingewanderten anderer Nationalitäten gerichtet sind, auch in Deutsch halten.
Das Schloß, auf einer leichten Anhöhe nur hundert Meter von dem kleinen See entfernt gelegen, kennt Kerim Bahadir schon seit einer Reihe von Jahren. Ist er beim ersten Mal nur Teilnehmer eines Rhetorikkurses gewesen, so hat er später des öfteren selbst Vorträge auf seinem Spezialgebiet gehalten, nämlich dem rechtlicher Belange bei der Eingliederung in Deutschland.
Aber welch ein gewaltiger Schritt, viel größer als der vom Zuhörer zum Vortragenden, ist der vom Vortragenden auf Geheiß anderer zum Vortragenden auf der Basis seiner eigenen Verantwortung. Das Gefühl dieser Macht berauscht ihn.
Er weiß, daß dieses Gefühl spätestens, wenn er eine

erste Niederlage einstecken muß, einen Dämpfer erhalten wird. Jetzt aber ist er voller Selbstvertrauen, und dies teilt sich auch den vier ausgewählten Referenten mit, die er am Abend nach dem Essen noch einmal zu einem Abendspaziergang am Seeufer entlang eingeladen hat.

Bahadir hat, unterstützt von Ergün, das Konzept für das morgen stattfindende Seminar erstellt. Mit Hilfe von Karakas konnten die vier Referenten, zuständig für Wirtschaftsbeziehungen mit Osteuropa, für Verkehr, für Kultur und für Soziales, kurzfristig gefunden werden.

Sonntag, 29. Juli

Nach dem Frühstück noch vor Sonnenaufgang haben sich alle im Konferenzraum zusammengefunden, Bahadir heißt alle Teilnehmer willkommen und fährt dann fort: »Der Grund unseres Treffens heute ist, und das habe ich Ihnen ja bereits in der Einladung mitgeteilt, Sie als Wahlredner vorzubereiten für die potentiellen ISU-Wähler, die sich aus allen ethnischen Gruppen von Einwanderern zusammensetzen. Unsere Ortsverbände haben den Auftrag, alle nichtgläubigen Polen, Russen, Rumänen, Serben, Kroaten wie auch Schwarze aus den verschiedenen afrikanischen Ländern zu unseren Veranstaltungen einzuladen, sei es durch Plakate, durch Kontaktaufnahme mit ihren Vereinen oder durch persönliches Kennen.

Ihre Aufgabe wird es sein, diesen Personen, soweit sie schon deutsche Staatsbürger geworden sind, beizubringen, daß wir, die ISU, am besten ihre Sorgen und Probleme kennen und daß sie uns im Oktober wählen sollen.«

»Haben Sie keine Befürchtungen, daß diese Ungläubigen auch Parteimitglieder werden möchten und dann Einfluß auf unsere Religionspolitik nehmen könnten?«

»Ich kann Sie beruhigen. Sollte dieses Problem auftreten, könnten wir unsere Aufnahmestatuten jederzeit ändern.«
»So, ich schlage vor, wir hören uns unseren ersten Referenten für Soziales an, Herrn Muhamed Ljubijankic.«
»Meine Herren, eines der besten Wahlthemen für uns sind unsere Kinder. Wir fordern mit größtem Nachdruck eine Erhöhung des Kindergeldes für kinderreiche Familien, und zwar höhere Summen für das dritte, das vierte und das fünfte Kind.«
Ljubijankic geht ein auf die Schwierigkeiten bei der Einwanderung aus den verschiedenen ost- und südosteuropäischen Ländern. Seinen Vortrag kann er sogar in der Stimmlage noch steigern: »Wir verlangen mehr Hilfe und Förderung bei der Integration von uns Zugewanderten. Der Asylkompromiß der momentanen faschistischen Koalition muß aufgrund der katastrophalen Lage unserer ursprünglichen Heimatländer zugunsten einer höheren Einwanderungsrate geändert werden.«
Bahadir muß lächeln. Schließlich hat er ihnen, den Referenten, aufgetragen, mit ihren Vorträgen nicht nur trockenes Wissen zu vermitteln, sondern die fünfzig zuhörenden Wahlredner auch emotional »aufzuladen«.
Nach einer abschließenden Diskussion betritt der zweite Redner, Arif Malik, das Podium: »Meine Herren, wie Sie an meinem Namen erkennen können, kamen meine Eltern aus Pakistan. Aus diesem Grunde möchte ich parallel zu den wirtschaftlichen Beziehungen Osteuropas zu Deutschland auch die im-

mer stärker in den Vordergrund rückenden Handelsströme zwischen den nördlichen islamischen Ländern und Europa behandeln.
Die ISU unterstützt den Wunsch der neu gegründeten türkisch-iranischen Ölkonzerne, das Öl der vor kurzem gefundenen Ölfelder in Turkmenistan durch eine neu zu bauende Pipeline von Konstanza über Bukarest, Belgrad, Budapest, Wien bis Ingolstadt zu leiten. Mit den damit verdienten Devisen können die islamischen Völker Industrieprodukte aus Mittel- und Osteuropa kaufen.« Nach der Aufzählung einer Reihe von weiteren industriellen Vorhaben in osteuropäischen Ländern, die mit Hilfe deutscher Firmen und der Absicherung durch Hermes-Bürgschaften durchzuführen sind, verlagert Malik sein Interesse von der deutschen auf die europäische Ebene.
»Weiterhin wird die ISU in Brüssel dafür kämpfen, daß die EU-Statuten auch in allen neuen EU-Ländern konsequent eingehalten werden. Nicht zu Unrecht beschweren sich Rumänien, Weißrußland und die Ukraine, daß die Angleichung des Lebensstandards zu schleppend vor sich geht. Außerdem fordern wir für alle vorderasiatischen Staaten sowie für Pakistan eine Assoziierung mit der EU, wie es seit langem für Israel gilt.«
Danach schließt sich eine längere, qualitativ höherstehende Diskussion an, die dann allerdings wieder durch aufkommende Abgespanntheit bei der Mehrheit der Teilnehmer versiegt. Die Mittagspause war auf drei Stunden angesetzt. Einige der Teilnehmer setzen sich über die Gesetze des Fastenmonats hin-

weg und nehmen einen Imbiß ein, eine Gruppe begnügt sich mit einem Getränk, doch alle gesellen sich dann zu einer Minderheit, die konsequent die Regeln des Ramadan beherzigt, nichts zu sich nimmt und lediglich im Schatten der Bäume des weiträumigen Parks Ruhe sucht.
Nach zweieinhalb Stunden sieht sich Bahadir gezwungen, dieses friedliche Bild zu stören. Es gelingt ihm, seine Gefolgsleute zu einem allgemeinen Mittagsspaziergang zu überreden, um an frischer Luft im Schatten alter Alleebäume der Schlaffheit zu begegnen und den Kreislauf anzuregen.
Aber auch das ist nur ein vordergründiger Anlaß. Wichtig ist ihm bei solchen Gelegenheiten das Suchen nach persönlichem Kontakt. Er lächelt hinüber zu dem älteren Herrn, der am Anfang die Zwischenfrage gestellt hatte. »Sie wissen«, so meint dieser, zu Bahadir herüberkommend, »daß für mich und eine Reihe anderer der Islam und unser kulturelles Erbe im Vordergrund stehen, aber ich kann nichts Falsches finden an diesen weltlichen Argumenten.«
Für Bahadir ist diese Aussage wichtig, da er weiß, daß den Imamen Bericht erstattet wird. Mit den beiden für den Nachmittag vorgesehenen Referenten vereinbart er kurz einen Wechsel in der Reihenfolge.
Zurück im Saal, beginnt Eduard Perleka seinen Vortrag über kulturelle Verbindungen zur alten Heimat. »Stärkster Vermittler und Konservator unserer Kultur ist unsere Muttersprache. Doch hier beginnt das Problem. Viele Auswanderer aus dem osteuropäi-

schen Raum und aus den peripheren islamischen Staaten haben nicht die Infrastruktur für die Übermittlung der Sprache, wie eigene Rundfunk- und Fernsehsender oder Zeitungen und Verlage, so wie sie unsere türkischen Brüder besitzen. Wir, die ISU, treten aber dafür ein, daß die Gründung eigenständiger ethnischer Vereine für Sport, Theatergruppen usw. staatlich unterstützt wird. Dort, wo ethnische Gruppen zu klein sind, werden Sie sicher Unterstützung finden in den türkischen Vereinen oder den Koranschulen.«

Perleka schaut fragend zu Bahadir, der nickt, sieht aber ebenfalls fragend zu dem Religionsmann unter den Zuhörern und ermuntert ihn mit einem Kopf-nach-oben-Nicken zu einer Stellungnahme. Dieser gibt mit einem Kopf-nach-unten-Nicken seine Zustimmung. Es wird frischer Pfefferminztee gereicht; die Diskussion wird lebhafter.

Als letztes Thema hat Bahadir den Verkehr in und zu den Herkunftsländern gewählt. Das spricht fast alle Einwanderer an, während Themen wie Sicherheitsbündnisse und Verteidigungsfragen zu theoretisch, zu komplex sind, um auf den vielen, von der Parteiführung nicht kontrollierbaren Wahlveranstaltungen behandelt werden zu können.

Der Verkehrsfachmann, Harun Türkoglu, stellt eine Verbesserung aller Verkehrswege in die Heimatländer in Aussicht. »Deutschland muß sich aufgrund seiner ethnischen Zusammensetzung weniger dem Westen als vielmehr dem Südosten zuwenden und ständiges Mitglied im Balkanrat werden. Wie auf der letzten Balkankonferenz auf Kreta sichtbar gewor-

den ist, kann Deutschland in dieser Region finanzstarker Partner sein und als Katalysator zwischen der Türkei, Griechenland und Jugoslawien wirken. Weiter tritt die ISU dafür ein, daß im Rahmen der regionalen Wirtschaftsförderung durch die EU der Bau der Autobahnen und des Hochgeschwindigkeitsnetzes in Osteuropa zügiger vonstatten geht.«
Na ja. Bahadir ist nicht ganz zufrieden. Das klingt zu stark nach plumper Wahlwerbung. Aber vielleicht sind in lauten, zigarettenrauchgeschwängerten, verstaubten Sälen die handfesten, mit der richtigen Rhetorik vorgetragenen Argumente wirkungsvoller als wohlabgewogenes Für und Wider einer Sache?
Bahadir faßt noch einmal die Grundgedanken des heutigen Seminars zusammen. Er erwarte die ersten Anforderungen der Ortsverbände in den nächsten Tagen, und die Parteizentrale werde diese Wünsche umgehend an jeweils ein oder zwei Herren dort weiterleiten. »Ich danke Ihnen im voraus für den Einsatz in den nächsten elf verbleibenden Wochen. Inschà allah!« Bahadir beendet die Veranstaltung.

Sonntagabend

Kerim Bahadir hat nach Beendigung des Seminars in Mecklenburg schon zu Hause angerufen und Laura versichert, daß er um sieben Uhr abends dasein werde. Die Autobahn Richtung Berlin ist nicht zu voll, Falkensee liegt, aus seiner Sicht, von Nordwest kommend, vor Berlin, und er schafft es, eine Viertelstunde früher dazusein.

»Laura, grüß dich!« Kerim umarmt seine Frau, gibt ihr einen Kuß und sagt das, was er empfindet: »Ich habe einen Mordshunger.«

Laura sieht fragend zu ihren Kindern, die das Einräumen ihrer Zimmer im ersten Stock unterbrechen und die Treppe herunterkommen.

»Hallo, Erci!«

»Lyi aksamlar baba.«

Kerim stutzt und begrüßt Asim, seinen zweiten Sohn, und Yasemin, seine Tochter. Yasemin, das jüngste seiner drei Kinder, gibt ihm einen Kuß auf die Wange und heißt ihn mit »Hallo, Papa!« willkommen. Kerim blickt wieder zu Laura, die seine stummen Fragen versteht. »Ich mache dir vorläufig einen Tee. Erci und Asim meinen, daß der gültige Sonnenuntergang für Falkensee heute erst mit zwanzig Uhr fünfundfünfzig errechnet ist, und sie möchten den Rest des Ramadan korrekt nach den Gesetzen leben.«

»Noch eineinhalb Stunden!«

Er wendet sich seinen Söhnen zu. »Im wirtschaftlichen Leben und auch bei Konferenzen ist der Kalorienverbrauch erheblich höher als zu Mohammeds Zeiten beim Schafehüten. So eng sehe ich die Gesetze nicht.« Trotz seiner Worte verzieht sich Kerim in sein Arbeitszimmer, und Laura bringt ihm, bevor er sich auf die Couch legt, seinen Tee.

Aus der Küche ziehen bereits köstliche Düfte in das Wohnzimmer, in den Flur, die Treppe hinauf, und selbst die Gesetzes-Hardliner werden in ihren »Kinderzimmern« unruhig, kommen abwechselnd in die Küche und fragen, ob sie helfen können. Es ist Viertel vor neun. Laura bittet Yasemin, ihren Vater zu wecken. Dieser macht sich im Bad frisch, und dann umkreisen alle männlichen Bewohner dieses Haushaltes die Küche, rücken die Stühle um den Eßtisch zum zweiten oder dritten Mal zurecht, Yasemin stellt noch einen Kerzenleuchter in die Mitte des großen, ovalen Tisches, und dann, endlich, erscheint Laura, die ihre Küchenschürze abgelegt hat, im eleganten, wadenlangen, dunklen Kleid und setzt die erste Schüssel mit der Vorspeise auf den Tisch.

»Nehmt Platz, die leichte Hühnersuppe wird unsere Mägen auf größere Taten vorbereiten.«

»Bismillah«, im Namen Allahs, kann Erci noch sagen in dem kurzen Moment zwischen dem Hinsetzen des letzten in der Runde und dem ersten Eintauchen der Löffel in die Suppe.

Die kleine Meinungsverschiedenheit von eben ist vergessen, alle freuen sich, daß sie erstmals seit drei Tagen wieder als Familie zusammen sind.
»Es gibt Zeiten, da will nichts klappen, und dann wieder wird man vom Schicksal verwöhnt. Wir wohnen in einem herrlichen Haus, Erci hat sein Abitur bestanden ...«
»Du bist Führer einer Partei ...«
»... und wir alle haben noch ein tolles Abendessen vor uns.«
Yasemin sammelt die Suppenteller ein, und Laura bringt den zweiten Gang: tscherkessisches Huhn, Hühnerfleisch mit Walnußsoße, dazu Tomaten-Gurken-Salat. »Sag mal, Erci, wir haben vorgestern, als wir dein Abi gefeiert haben, gar nicht über dein neues Taschengeld gesprochen; das müssen wir natürlich ...«
»Laß mal, Papa, nicht heute. Ich möchte nicht ausschließen, daß ich mir eventuell ein Zimmer nehme in Kreuzberg oder dort in eine WG ziehe ...«
»Was«, ruft die Mutter, »du hast so ein schönes Zimmer da oben.«
»Die Gegend hier ist mir zu spießig, zu blöd. Und dann die Aufpasser vor dem Haus.«
»Und die Gegend dort ist so proletenhaft.«
»Dort ist die Mevlana-Moschee. Nachdem ich bereits in München in die Jugendorganisation der Milli Görüs eingetreten bin, werde ich hier in Berlin weitermachen.«
Der Vater schweigt. Er will das herrliche Abendessen nicht durch ein eskalierend kontrovers geführtes Gespräch über Politik oder Koranauslegung verderben.

Laura steht auf, um in der Küche den Hauptgang fertigzumachen. Vor dem Verlassen des Raumes dreht sie sich noch einmal um: »Möchte noch jemand etwas anderes trinken als Wasser?« Sie sieht Kerim an: »Es gibt Fisch!« Der versteht. »Bring bitte zwei Gläser; ich hole eine Flasche.«
Diese mit Bestimmtheit angekündigte und durchgeführte Aktion veranlaßt die beiden Söhne zu schweigen, da sie die Grenze ihres Einflusses spüren. Mutter und Yasemin legen die Thunfischsteaks auf eine große Platte, füllen die Schüsseln mit Petersilienkartoffeln und verschiedenen Gemüsesorten und bringen die Speisen ins Wohnzimmer.
Wieder am Tisch, möchte Yasemin die aufkommende Spannung zwischen Sohn und Vater glätten und fängt an, von einem gleichaltrigen Mädchen zu erzählen, das sie getroffen hat, das nur zwei Häuser weiter wohnt und mit dem sie sich gern anfreunden würde. »Sie heißt Sarah und geht auf das Gymnasium hier in Falkensee.«
»So gut finde ich das nicht«, wirft der siebzehnjährige Asim vorsichtig ein. »Die Mädchen werden auf den gemischten Schulen ständig von den Jungs geärgert. Geh du lieber auf das Mädchengymnasium in Spandau.«
»Mama hat schon mit Sarahs Mutter gesprochen. Sie sagt, das Niveau sei hier viel besser als da drin in Berlin, und der Rauschgiftkonsum ist auch niedriger.«
»Ich werde bei Schulbeginn mit dem Rektor hier reden«, schaltet sich die Mutter ein, und Kerim nickt ihr zu.

»Sag du uns mal zur Abwechslung, was du so vorhast mit unserer Partei«, meldet sich der ältere Filius wieder zu Wort und schaut seinen Vater an.
Dieser überlegt ein paar Sekunden, und dann erzählt er von dem Seminar im Schloß und seinem Trick, auch für andere, für Nichtgläubige, wählbar zu werden. »Man muß ja nicht alles, wonach man nicht gefragt wird, ständig in den Vordergrund stellen wollen.«
»Vater«, sagt da der Sohn plötzlich, »du kannst deinen Wein ruhig trinken. Wir sind trotzdem stolz auf dich.«
Es wird noch ein friedlicher, harmonischer Familienabend; nach dem Hauptgericht folgen Schokoladenpudding und andere Süßigkeiten.

Die Trennung von Peter Bachmeier, Mitte Juli, hat Vanessa zwar nicht sonderlich mitgenommen, aber auch sie ist unzufrieden, und sie beschließt, wieder einmal Inventur in ihrem Leben zu machen.
Früher hat sie unbedingt Tierärztin werden wollen. Dieses Ziel hat sie mit achtundzwanzig Jahren erreicht. Die Gelegenheit ergab sich, daß sie sich in die bereits bestehende Praxis eines älteren männlichen Kollegen einkaufen konnte. Die Arbeit machte ihr auch Freude; leider mußte sie aber in den ersten Berufsjahren zuerst ihre Schulden abbezahlen. Ihre Freunde, mit denen sie nacheinander liiert war, hatten ebenfalls studiert und noch nicht so viel Kapital bilden können, um eine Familie »ernähren« zu können, das heißt unter Einhaltung des Lebensstandards, den sie gewohnt war. Außerdem hatte sie kei-

ne Lust, ihren Beruf für ein paar Jahre »an den Nagel zu hängen«, falls sich Nachwuchs hätte einstellen sollen.
Sie ruft ihre Freundin Julia an, die von dem Vorschlag, für vierzehn Tage irgendwohin in den Urlaub zu fahren, gleich begeistert ist. Das scheint doch etwas aufregender zu werden als der ins Auge gefaßte Urlaub mit ihrem abgearbeiteten Mann. Sie haben sich ohnehin nicht mehr viel zu sagen, und vielleicht ist ihm eine Zeitlang Alleinsein ganz recht. Es ist kein Problem, kurzfristig Urlaub zu bekommen. Ihre Kolleginnen im Krankenhaus, in dem sie als OP-Schwester arbeitet, sind zum großen Teil Singles oder mit einem Partner verbunden, ohne Kinder, und bevorzugen das Frühjahr und den Herbst als Urlaubs- oder Wegflieg-Jahreszeit.

Mittwoch, 1. August

Vanessa und Julia sitzen im Flugzeug Richtung Libanon, der Schweiz des Orients und einem der wenigen ruhigen Plätze auf der Erde. Während die Anzahl der Krisenherde weltweit zunimmt – anscheinend gehen sich die dichter und dichter lebenden elf Milliarden Menschen mehr und mehr auf die Nerven –, liegt der Vordere Orient mit dem Libanon und Israel in tiefem Frieden. Der Jumbo-Airbus der Lufthansa, eines der modernsten Flugzeuge, wie der Kopilot erklärt, fliegt nicht mehr mit dem zur Neige gehenden Kerosin, sondern mit Wasserstoff, einer Entwicklung der Airbus-Industrie mit einem russischen Werk. Von München kommend, umfliegt er Kreta und Zypern weit südlich, um unbeschadet den Querelen zwischen Griechen und Türken zu entgehen und sicher Beirut anzusteuern.

»Können die da unten nicht endlich Frieden geben, schließlich ist das Zeitalter des nationalen Denkens in Europa vorbei«, wendet sich Vanessa, die in der Mitte einer Dreierbank sitzt, wieder an ihren Nachbarn.

»Im Gegensatz zu den Deutschen wehren sich die Griechen noch«, lacht der Libanese, der, wie er sagt, als Geschäftsreisender die billigen Tarife der Touristenklasse nutzt. »Aber das erkläre ich Ihnen morgen oder übermorgen, wenn ich Sie im Hotel besuchen komme.« Der Mann, mit dem sie sich teils auf französisch, teils auf englisch unterhält, sieht recht gut aus, doch so schnell will sie sich nicht in ein Abenteuer stürzen.

Die Maschine nähert sich von Süden her Beirut und landet dann bei anscheinend kräftigem Wind auf dem Flughafen Al-Chalda. Feuchtwarme Luft umgibt sie, unangenehm, aber das haben sie ja vorher gewußt. Vanessa verabschiedet sich von ihrer Reisebekanntschaft, nicht ohne dem Herrn vorher den Namen ihres Hotels zu verraten, nachdem er ihr seine Visitenkarte mit dem Aufdruck »Riyadh Assaf, Lebanon Comtrade« überreicht hat.

Die beiden Freundinnen werden von einem Bus zu ihrem Hotel gebracht, dem Grand Hotel in Aley, zwar fünfzehn Kilometer von Beirut entfernt, dafür aber an den Hängen des Libanongebirges achthundertfünfzig Meter über dem Meeresspiegel gelegen, mit einer Temperatur, die nachts ganz erträglich ist. Der Ort Aley, ein früherer Luftkurort im Südosten von Beirut, liegt so zentral im Libanon, daß alle touristischen Sehenswürdigkeiten bequem als Tagestour besichtigt werden können.

Gemeinsam sehen sie sich am ersten Tag Beirut an, enttäuscht zuerst über die vielen modernen Bauten, die keinen Hauch von Orient spüren lassen, später aber, im wiederaufgebauten, klimatisierten Nationalmuseum, erhalten sie den ersten Eindruck von der sechstausend Jahre alten Kultur des Landes.

»Riyadh, was war das, was du mir im Flugzeug noch sagen wolltest?«
»Ich, ich weiß nicht. In welchem Zusammenhang?«
»In der heutigen Zeit sich gegenseitig die Köpfe einzuschlagen.«
»Ach so, da sind wir Araber aber in den letzten fünfzig Jahren klüger geworden. Seitdem der Islam solche Erfolge in Zentralasien hat – denk an all die südlichen muslimischen Länder der alten Sowjetunion und denk an Mitteleuropa, da haben wir schon fünfundzwanzig Prozent Bevölkerungsanteil –, ist unser Selbstbewußtsein gegenüber dem Westen ziemlich stark gewachsen. Wir brauchen kein künstliches Feindbild mehr wie das kleine Israel, das bis zur Jahrtausendwende als gemeinsamer Feind die Araber einigen sollte. Jetzt machen wir es umgekehrt.«
»Und wie, droht ihr mit Frieden?«
»Wir treiben Handel mit ihnen, profitieren von ihrem technischen Vorsprung, sind freundlich zu ihnen, umgarnen sie, versuchen, hineinzuheiraten und muslimische Familien in Israel zusammenzuführen.«
Er steckt sich eine Zigarette an und gefällt sich, berauscht von seinem gerade errungenen Erfolg, in der Rolle des Dozierenden:
»Übrigens«, ein breites Grinsen überzieht sein Gesicht, »schon Mohammed hat gewußt, wie wir auf elegante Weise im Laufe der Jahrhunderte die Welt zum Islam bekehren: Im Koran steht, daß der Muslim, wenn er sich mit seiner Frau im Gehorsam entsprechend dem göttlichen Gebot vereint, alle göttlichen Belohnungen verdient, die für die Ausübung der Liebestätigkeit versprochen sind. Na?«

»Deswegen habt ihr wohl immer noch sechs bis zehn Kinder pro Familie? An die Überbevölkerung der Erde denkt ihr gar nicht?«
»Im Koran steht davon nichts. Aber wir Muslimmänner dürfen auch jüdische und christliche Frauen heiraten, wenn wir das Gebot einhalten und die Kinder muslimisch erziehen. Vielleicht schaffen wir es in den nächsten paar hundert Jahren, mehr und mehr jüdische Mädchen zu heiraten und so das kleine Völkchen von sechs Millionen Juden in unserer großen Muslimgemeinschaft zu assimilieren.«
»Ihr seid ja pervers!«
»Das ist lediglich die sanfte und schleichende Art des Dschihad, unseres heiligen Kampfes zur Erlangung der Vorherrschaft für das Wort Gottes.«
Sie starrt ihn an. Er lächelt. Sie wirft ihm das Kissen an den Kopf, steht auf, duscht und zieht sich an.
»Man sollte Frauen einfach nicht alles sagen.«

Für die folgenden Tage haben sich die beiden Freundinnen vorgenommen, sich die Sehenswürdigkeiten im Lande anzusehen mit Schwerpunkten im kühleren Gebirge und an der See. Sie mieten einen kleinen Wagen und fahren von Aley Richtung Osten über das Libanongebirge in die Bekaa-Ebene. Baalbek mit seinen großen Tempelruinen aus der Römerzeit ist das Muß einer Libanonreise. Aber heiß ist es immer noch, und die Touristenströme …

Am nächsten Tag ziehen sie es vor, auf der Küstenstraße bis Jbail, knapp sechzig Kilometer nördlich von Beirut, zu fahren. Dieses Städtchen – sein be-

kannterer Name ist Byblos, und das Wort Bibel läßt sich sehr wahrscheinlich von diesem Byblos ableiten – gilt als einer der ältesten besiedelten Orte der Welt. Im Ausgrabungsgelände konnten Spuren von der Jungsteinzeit bis heute freigelegt werden. Waren die Menschen dort vor fünftausend Jahren v. Chr. einfache Fischer, die in Holzhütten lebten, so änderte sich das nach zweitausend Jahren, und es entstand der kanaanische Hafen Gebal. Von hier wurde das begehrte Zedernholz zu Flößen verbunden und nach Ägypten gesegelt.
Nach 2000 v. Chr. kamen die phönizischen Stadtstaaten, darunter auch Byblos, unter ägyptische Schutzherrschaft, tausend Jahre später abgelöst von den Assyrern und Babyloniern. Es folgten die Perser, es folgte Alexander der Große. Es kamen byzantinische und arabische Eroberer, und es kamen etwas nach 1000 n. Chr. die Kreuzfahrer. Schließlich, unter den Mameluken und später unter türkischer Oberhoheit, verlor Byblos vollkommen an Bedeutung.
»Hör auf zu meditieren«, sagt Julia leise. Trotzdem schreckt Vanessa auf.
»Nichts ist von Dauer. Eine Schicht von zwei Metern Schutt, und du stehst vor einer zweitausend Jahre älteren Kultur.«
»Stell dir die Menschen vor, die hier gelebt haben, die vielleicht mit Schwertern ihre Stadt verteidigt haben; manchmal haben sie gewonnen, andere Male wurden sie überrannt von Stärkeren.«
Vanessa und Julia sitzen im Schatten eines Baumes auf einem vor viertausend Jahren behauenen Stein.
»Hier kann man die Wichtigkeit der Geschehnisse in

der Gegenwart richtig einordnen in den Lauf der Menschheitsgeschichte. Ich bedaure Peter, daß er festhalten will, was nicht zu halten ist.«

»Hallo!« redet sie, halb ausrufend, halb fragend, eine weibliche Stimme an und weckt die beiden in die Wirklichkeit zurück. Eine junge Libanesin mit hübschem Gesicht und weißem Kopftuch sieht die beiden lächelnd an. »Sie sprechen sicherlich deutsch?«
»Ja, woher wissen Sie das?«
»Man sieht es.« Und nach einigen Sekunden fährt sie fort: »Ich heiße Aysel. Ich bin in Dortmund zur Schule gegangen.«
Sie begrüßen sich herzlich. Nach und nach erfahren Vanessa und Julia, daß Aysels Eltern und Brüder in Deutschland leben. Als sie sich vor vier Jahren zu sehr für einen jungen Mann aus einem Betrieb, in dem sie die Lehre machte, interessierte, beschloß der Familienclan, sie in die alte Heimat zu holen. Nun sei sie glücklich mit einem Mann aus dem Dorf ihrer Eltern verheiratet. Sie wendet den Kopf und deutet die Straße hinunter. Erst jetzt bemerken Vanessa und Julia den zwanzig Meter entfernt stehenden jungen Libanesen mit dem Kind auf dem Arm. Sie winken ihn heran; ein lustiges Begrüßen folgt; die Frauen sprechen Deutsch, er Arabisch. Aysel übersetzt.
Verblüfft sind Vanessa und Julia, als sie hören, daß sie für ein paar Tage in der nächsten Woche eingeladen sind. Sie fahren vier Tage später nach Ras el Assi, einen Ort in der nördlichen Bekaa-Ebene. Hier, im Hause eines durchschnittlich begüterten libanesi-

schen Bauern, lernen sie das Alltagsleben, die kleinen Freuden und Sorgen und die religiösen Gewohnheiten eines arabischen Muslims kennen. Nur Zedern, das Symbol und Erkennungszeichen des Libanon, haben sie nicht entdeckt.

Donnerstag, 16. August

Bahadir hatte den ständigen Wunsch der Medien nach einer Fernsehdiskussion Woche für Woche hinausgeschoben. Der Fastenmonat ging zu Ende; er mußte sich irgendwann stellen. Zumindest wollte er, um Erfahrung sammeln zu können, eine erste Diskussion in einem kleinen Kreis.
Als Gesprächspartner boten sich zwar Parteivorsitzende oder Stellvertreter aller Parteien an. Aber in welchem Kreis konnte er sich am besten in den Augen seiner potentiellen Wähler profilieren? Nicht gegen einen der Grünen, die in vielen Punkten gleicher Meinung waren, nicht gegen CDU- oder CSU-Vertreter, die seit kurzer Zeit auf »Schmusekurs« die ISU umwarben, nicht gegen einen SPD-Vertreter, dessen Partei sich selbst zu einem Anhängsel der Grünen degradierte, sondern gegen jemanden, der sie, die ISU, frontal angriff. Er wünschte sich einen Gesprächsgegner, der ihn extrem attackierte, um so mit seinen gemäßigten Ansichten Sympathien beim Publikum zu gewinnen. Das war die AP, die Abendländische Partei, die zwar im Bundestag nur wenig Stimmen besaß, die aber auf EU-Ebene im Straßburger Parlament gemeinsam mit der Front National aus Frankreich, der italienischen Alleanza Nazio-

nale und der niederländischen Landelyke-Avond-Partei eine extrem rechte Meinung vertrat.
Über seinen Pressesprecher läßt er den Sender wissen, daß er zu einer Diskussion mit einem Vertreter der AP über das Thema »Zuzug von Ausländern« bereit sei. Erfreut über das zu erwartende spannende und sicherlich sehr kontrovers geführte Gespräch, bestätigt ihm der Programmdirektor des ZDF zwei Tage später die Bereitschaft des Parteivorsitzenden der AP und ehemaligen Fraktionsvorsitzenden im Europarlament, Herrn von Lipkow, mit ihm im Mainzer Studio zu debattieren.
Nicht gerechnet hat er mit dem Widerstand der deutschen Presse, dem rechten Flügel ein solches Forum zu verschaffen. Mit der Rückendeckung Bahadirs, der weiterhin auf einer Diskussion nur mit »rechts« besteht, wagt das ZDF die Sendung am Spätabend.
Beide stehen sich heute, Donnerstag, dem 16. August, zum erstenmal gegenüber, und zwar im Raum des Maskenbildners, als der Diskussionsleiter von Lipkow, der etwas später erscheint, dem halb fertiggepuderten Bahadir vorstellt. Zum Ernstbleiben ist die Situation zu lächerlich.
Wolfgang Hofer, der Senior der deutschen Talkmaster-Gilde, versteht es, diese entspannte Atmosphäre hinüberzuretten zum Beginn der um zweiundzwanzig Uhr live ausgestrahlten Sendung.
»Herr von Lipkow«, wendet sich Hofer wieder einem der beiden zu, nachdem er seine Gäste vorgestellt und sie kurz zu ihrem politischen Werdegang befragt hat, »Sie haben, um es salopp zu sagen, etwas gegen Ausländer, und Sie …«

»Ganz und gar nicht; ich verstehe mich prächtig mit meinen vielen Freunden in Straßburg. Das Problem liegt woanders. Zuerst möchte ich aber kurz zur Wortwahl unseres Themas Stellung nehmen. Es geht Ihnen also nicht hauptsächlich um die bessere Eingliederung der sich bereits in Deutschland oder in Europa befindenden Ausländer, sondern um die Frage des Zuzugs, wieviel und woher neue hinzukommen dürfen.«

»Das klingt schon sehr nach Abwehr. Der Begriff der Überbevölkerung für Deutschland stimmt einfach nicht. Vergleichen Sie Berlin und seine fünf Millionen Einwohner mit anderen Metropolen wie zum Beispiel Kairo, fünfundzwanzig Millionen, und Mexiko-Stadt, zirka fünfunddreißig Millionen, wo sich leider die Anzahl der Menschen, im Gegensatz zu der der wenigen Bäume, nicht mehr genau bestimmen läßt – da erscheint Berlin doch wie ein idyllisches Dorf.«

»Meine Herren, geben wir unserem Gespräch eine gewisse Ordnung. Bleiben wir zuerst bei den bereits bei uns lebenden Ausländern. Herr von Lipkow, Sie wissen, daß unsere, sagen wir, altdeutsche Bevölkerung seit der Wiedervereinigung vor … äh, vor sechsundfünfzig Jahren von einundachtzig Millionen Einwohnern geschrumpft wäre auf …«

»… auf fünfundsechzig Millionen. Heute, im Jahre 2046, haben wir zirka fünfundneunzig Millionen. Aufgrund der Einbürgerungen in den letzten vier Jahrzehnten läßt sich statistisch gar nicht mehr sagen, wie viele Ausländer bei uns wohnen …«

»… weil diese sogenannten Ausländer gar keine Ausländer mehr sind.«

»Da haben Sie zum Teil recht. Die Kinder der eingewanderten Polen, Russen, Ukrainer oder auch von Schwarzen aus Mosambik oder, sagen wir, aus allen nichtmuslimischen Ländern haben sich schon teilintegriert. Wenn sich ihre Freundeskreise zum großen Teil noch aus Landsleuten der alten Heimat zusammensetzen, ist das normal, und wenn sie sich freuen, daß die Fußballer ihres alten Heimatlandes gegen Deutschland gewinnen, so ist das auch noch zu verstehen.«
»Sie haben also Angst vor dem Islam?«
»Nicht vor der Religion an sich, sondern nur, wenn sie als Vehikel für nationale Interessen mißbraucht wird. Diese Religion verlangt von ihren Gläubigen täglich in Gemeinschaft abzuhaltende Gebete. Das geht nur, wenn sie nachbarschaftlich in Bezirken zusammen wohnen. Durch ständigen Zuzug, endlose Familienzusammenführung und eine Geburtenrate, die dreimal höher ist als die der Altdeutschen, sind die Bezirke zu Stadtteilen gewachsen, die, ähnlich den Krebszellen, immer schneller wachsen, bis der Körper ...«
»... bis der ehemals gesunde Körper überwuchert ist und stirbt, haben Sie jetzt doch gedacht?«
»Diese Zellen, diese Stadtteile kann man schon fast als türkische Hoheitsgebiete betrachten. Man spricht bewußt Türkisch, will sich auf keinen Fall integrieren, verhindert mittels Barrikaden die Ausübung der deutschen Staatsgewalt und gehorcht der Milli Görüs, die wiederum ihre Anweisungen von den Fundamentalisten aus Ankara empfängt.«
»Bleiben wir ruhig bei Ihrem Beispiel von wuchern-

den Zellen. Diese Menschen sind gottesfürchtig, haben einen hohen Gemeinschaftssinn und unterscheiden sich tatsächlich von Ihrer altabendländischen, exzessiv individuellen, ohne Ideale lebenden, egoistischen, materielle Werte maximierenden Gesellschaft …«

»Halt«, unterbricht Hofer und strahlt. »Diesen dialektisch wohlgeformten Satz müssen wir doch erst einmal verinnerlichen.«

Auch Bahadirs Gesichtszüge entspannen sich gleich wieder, und lächelnd fährt er fort: »Ich muß mich entschuldigen, denn die geschliffenen Worte verleiteten mich zur inhaltlichen Inkorrektheit. Materielle Werte maximieren kann nur die Hälfte der Gesellschaft; ein Drittel lebt von der Hand in den Mund. Doch wichtiger sind die fehlenden ideellen Werte wie religiöses Empfinden, Gruppenehre, Vaterlandsliebe, Sippen- und Familienzugehörigkeit, Bodenverbundenheit und Traditionsbewußtsein. Da, wo die menschliche Natur nicht auf Emotionen verzichten kann, muß man sie durch Suchtstoffe und Sex abreagieren.«

Bahadir sieht von Lipkow an. »Da widerspreche ich Ihnen überhaupt nicht, und eine Auffrischung mit neuem Gedankengut, und sei es der Islam, wird nicht schaden. Nur, auch ich komme zurück zu den wuchernden Zellen. Unsere Gesellschaft wird zweisprachig, sie ist gespalten in zwei Lager. Aus der Geschichte wissen wir, daß überall da, wo verschiedene Menschen zusammenleben müssen, Zwiespalt oder Bürgerkrieg entsteht …«

»… in Amerika geht es doch!«

»Amerika gehörte den Indianern. Hatten die eigentlich das Recht, sich gegen die weißen Eindringlinge zu wehren?«
»Ja, sicherlich!«
»So wird man in zweihundert Jahren auch fragen. Hatten die Deutschen ein Recht, sich gegen die eindringenden Türken zu wehren?«
»Ist dies schon ein Beitrag zum zweiten Teil unseres Gesprächs, dem weiteren Zuzug«, schaltet sich Hofer ein, »oder wollen Sie die hier wohnenden Türken oder speziell die Kurden auch, sagen wir, loswerden?«
»Es gibt Denkmodelle in Brüssel, die zeitweise aufflammenden bürgerkriegsähnlichen Zustände in Südfrankreich und in Deutschland mittels Milliarden Euro teuren Umsiedlungsaktionen zu lösen: Fundamentalistische Algerier und Marokkaner zurück nach Afrika; ebensolche Türken zurück in die Türkei.«
»Wieviel hunderttausend Türken pro Jahr könnten Sie denn aus finanziellen und logistischen Gründen rückumsiedeln, ... vorausgesetzt daß Deutschland eine mit dem betreffenden Aufnahmeland ausgehandelte Rückführungs- oder Eingliederungssumme pro Kopf der Rücksiedler zu zahlen bereit ist?«
Bahadir sieht von Lipkow fast traurig an. »Die Rate der Neugeburten bei den Türken in Deutschland würde mit Sicherheit die der Ausgesiedelten überwiegen.« Kerim Bahadir lächelt mild und schüttelt leicht den Kopf. »Es ist zu spät!«
Von Lipkow schweigt.
Hofer ergreift nach drei, vier Sekunden das Wort.

»Als unparteiischer Moderator muß ich ein Fazit ziehen: Die Balkanisierung Deutschlands ist unumkehrbar. Wie geht's weiter, Herr von Lipkow?«

»Diese Frage sollten Sie den Grünen stellen. Nach der Wahrscheinlichkeit folgen wir den vielen Beispielen der Geschichte: Bürgerkrieg in Jugoslawien bis zur territorialen Trennung der ethnischen Gruppen, ein gegenseitiges Abschlachten zwischen Hutus und Tutsi in Ruanda und umliegenden Staaten, bis die UNO nach zwei Jahrzehnten einen eigenen Staat für die Tutsi schuf mit dem alten, geschichtlichen Namen Buganda. Oder denken Sie an den Sudan, an Osttimor, an Kaschmir; Länder mit ständig auflodernden Bürgerkriegen unter kräftiger muselmanischer Beteiligung.«

»Eine Perspektive sehe ich für Ihren Wunsch. Wenn es uns gelänge, den Lebensstandard in der Türkei dem der Deutschen anzugleichen, würden sicherlich weniger nach Deutschland kommen wollen, und ...«

»... wenn wir weniger arme Ausländer in Deutschland hätten und weniger Milliarden Sozialhilfe an sie zahlen müßten, dann hätten wir noch die wirtschaftliche Kraft, anderen helfen zu können. Übrigens, das Pro-Kopf-Einkommen in der Türkei und in den afrikanischen Staaten ließe sich drastisch erhöhen, wenn man die Anzahl der Einwohner konstant hielte, also zwei Kinder anstatt sechs.«

»Sie wissen genau, daß dies nicht so schnell möglich ist.«

»Seit wieviel Generationen spricht man schon über die Bevölkerungsexplosion? Es sind die Fundamentalisten, sowohl die christlichen Päpste als auch die islamischen Vordenker, die ihren Einflußbereich mittels Menschenmassen erweitern wollen. Nur, und jetzt muß ich den Homo occidenticus gegenüber ihrer Charakterisierung in Schutz nehmen: Wir folgen unseren Kirchenfürsten nicht mehr, nicht nur weil wir zu gleichgültig geworden sind, sondern weil wir auch zu denken gelernt haben und Verantwortung fühlen.«

»Meine Herren, kommen wir doch wieder zurück auf unser Thema ›Zuzug von Ausländern‹. Herrn von Lipkows Meinung hierzu kennen wir. Wie stellen Sie sich dazu, Herr Bahadir?«

»Wie im Grundgesetz verankert, bieten wir Asylsuchenden weiterhin Schutz. Nach Artikel 16a gilt das Individualrecht auf Asyl für Verfolgte wie zum Beispiel für durch ihre Äußerungen in Gefahr geratene Politiker, Schriftsteller, Publizisten und andere meinungsbildende Personen. Es gilt nicht für Teile ganzer Völker wie das der Kurden. Sind Bevölkerungsteile in einem Land durch andere Teile gefährdet, sollte die UNO eine Gebietsteilung erzwingen oder eine Umsiedlung unterstützen in solche Länder, deren Religion, Lebensgewohnheit und Lebensstandard ähnlich sind.«

»Meine Herren«, schaltet sich Wolfgang Hofer wieder ein, »unsere Zeit ist bald um. Möchten Sie, Herr Bahadir, noch einen abschließenden Satz sagen?«

»Gern, da ich schließlich ebenfalls Deutscher bin, auch wenn mein Herz zeitweise für die Heimat meiner Väter schlägt, möchte ich hier nie etwas durchsetzen wollen gegen die Mehrheit der deutschen Bevölkerung.«

»Danke schön für diese wieder verbindenden Worte. Ich danke den beiden Herren für Ihr Kommen …«
Hofer steht auf, die Kameras sind ausgeschaltet. Bahadir und von Lipkow gehen aufeinander zu und schütteln sich die Hand. Eigentlich haben sie sich gar nicht so schlecht verstanden.

Auf dem Heimflug nach Berlin am nächsten Morgen ist sich Bahadir nicht mehr so sicher, ob seine Entscheidung glücklich war, entsprechend seiner ursprünglichen Taktik allein gegen »rechts« anzutreten. Er wird die Aufzeichnung gemeinsam mit seinen politischen Freunden analysieren müssen.

Samstag, 25. August

Laura hat es fertig gebracht, Kerim davon zu überzeugen, daß er, um die Wochen vor der Wahl wieder frisch zu sein, jetzt ein paar Tage ausspannen sollte, in der Natur, im Grünen, vielleicht im Bayerischen Wald. Kerim hat lächelnd, den eigenen Wunsch Lauras erkennend, zugestimmt.
Gönül, Köchin und guter Geist, lebt in Spandau und ist schon öfter im Hause Bahadir gewesen, wenn diese Gäste erwarteten. Diesmal richtet Laura ihr für die Zeit des einwöchigen Urlaubes ein Zimmer her, damit sie für die Kinder kochen und besser sorgen kann.
Laura hat ihren Bruder Peter gebeten, auch zu ihrem gemeinsamen großen Wochenendwohnsitz zu kommen. Sie freut sich darauf, ihn wiederzusehen, und außerdem hofft sie, daß sich das Verhältnis zwischen Peter und ihrem Mann Kerim verbessert.
Natürlich freut auch Peter sich auf ein Wiedersehen. Ein Problem glaubt er zu haben: Maria, seine neue Geliebte, ist nicht die Allergescheiteste, und ihr Verhältnis sollte ja nur ein Provisorium sein bis … ? Ein Vorstellen in der Familie festigt unnötig die Beziehung und könnte falsche Hoffnungen aufkommen lassen. Auf alle Fälle hat er ihr aber das kommende Wochenende auf dem Bauernhof versprochen. Na schön, da muß er durch.

Samstag nachmittag. Kerim Bahadir und Laura kommen auf dem Hof an. Peter, gefolgt von Maria, geht den aus dem Wagen Steigenden entgegen.
»Laura, grüß dich!« Sie legt ihre Arme um seinen Hals und gibt ihm einen schwesterlichen Schmatzer auf die Wange. Dann wendet Peter sich um und stellt die beiden Frauen vor: »Maria, meine Freundin, Laura, meine Schwester.« Sie begrüßen sich herzlich, seine Bedenken sind unbegründet. Die beiden Männer sehen sich an, nicht als Feinde, eher gelassen, ruhig, bereit zu friedlichem Nebeneinander.
Dem Personenschutz, der im zweiten Wagen gefolgt ist, wird eine Erfrischung gereicht, dann teilt er sich auf und die, die frei haben, nehmen Quartier im Gasthaus des nicht weit entfernt liegenden Dorfes.
Nach dem Aufhängen der Kleider in Lauras großem Zimmer und etwas Sichfrischmachen im renovierten modernen Bad im ersten Stock trifft man sich wieder auf der Wiese unterm Apfelbaum, wo Peter und Maria Tisch und Stühle hingetragen hatten. Maria präsentiert ihren selbstgebackenen Kuchen, entschuldigt sich aber gleich, daß ihr »Gugelhupf« aus im Supermarkt gekaufter und mit Wasser angerührter Kuchentrockenmasse sicher nicht so gut schmecken wird wie einer zu Omas Zeiten.
Man unterhält sich über das neue Heim, das Haus in Falkensee, über viele halbgeschäftliche Einladungen, die ein Privatleben stark beeinträchtigen, über die Kinder, die auch erst wieder einen neuen Freundeskreis finden müssen, und natürlich über die Ziele Kerims und seiner Partei.
Kerim wiederum läßt sich vom Techniker die Mög-

lichkeiten der industriellen Fertigung im Orbit erklären, der nicht ganz so sinnvollen Vergrößerung der Mondgemeinde, die Schwierigkeiten mit der Marsbasis und den Fortgang der europäischen Gemeinschaftsprojekte in der Triebwerk-, Flugzeug- und Raumfahrtindustrie.
Die beiden Frauen haben sich zurückgezogen und bereiten in der Küche das Abendessen vor. Die Speisen zusammen mit drei Flaschen Frankenwein sorgen für eine ausgelassene Stimmung. Laura will in ihren Wald. Bei Mondlicht schleichen sie zu viert zum Hintereingang hinaus. Die beiden Nachtschicht-Schutzbeamten bemerken sie jedoch, folgen ihnen den Berg hoch bis in den Wald. Laura und Peter haben hier früher als Kinder mit ihresgleichen Räuber und Gendarm gespielt; sie kennen jede Baumwurzel. Auf einem Trampelpfad, der schräg den Berg hoch führt, nimmt Laura Maria an der Hand; sie legen einen Zwischenspurt ein, die beiden Männer können ihnen gerade noch folgen, die Aufpasser sind abgeschüttelt. Sie erreichen einen Weg, der um den Berggipfel führt. Der Wein, die frische, würzige Waldluft, das Mondlicht, Erinnerungen an ihre Kindheit, das alles verzaubert die beiden Geschwister und steckt ihre Partner wunderbar an. Nur ein Kichern ab und zu läßt ihre Position auf dem Weg um den Berg erahnen. Sie erreichen wieder das Haus, müde, glücklich, befreit von Ängsten und täglichen Sorgen. Ein herrlicher Tag geht zu Ende.

Am nächsten Morgen beschließen beide Männer, nach dem Frühstück allein einen Waldspaziergang zu unternehmen. Nach ein paar banalen Bemerkun-

gen auf den ersten hundert Metern gehen sie nebeneinander, schweigend, bis Peter die Stille bricht:
»Was sind deine Ziele?«
Kerim lächelt, denn er weiß, daß eine tiefgehende Aussprache zwischen ihnen, mit welchem Ausgang auch immer, notwendig ist, und er fühlt in dieser Stille, unter mächtigen, Erhabenheit ausstrahlenden Bäumen das Bedürfnis, wahre Gedanken zu sagen und zu hören.
»Ich bin ein schlechter Muslim, zumindest in den Augen der Orthodoxen oder gar der Fundamentalisten. Aber viele unter uns wissen, daß ein moderner Staat oder unser Anschluß an die westliche Welt nur möglich ist, wenn nicht nur Religion und Staat getrennt bleiben, sondern auch der Islam seinen Einfluß auf das gesellschaftliche Leben einschränkt und die sogenannten Pflichten der Gläubigen dem neuen Lebensstil anpaßt.«
»Du sagtest wir?«
»Ich versuche immer mehr zu sein als nur ein Türke in Deutschland. Aber die meisten von uns, ich meine von uns Türkendeutschen, sind mit dem Herzen noch im Land der Väter.«
»Wenn wir nur *eine* Religion hätten, wäre ein Näherkommen einfacher. Wir sogenannten Christen haben die notwendige Distanz in Glaubensfragen erreicht, um zwar weiterhin an einen einzigen, abstrakten Gott, wie auch Allah es ist, glauben zu können, aber herausgeschält aus der Ummantelung vieler naiver Geschichtchen und Dogmen.
Die Protestanten und die Katholiken im 16. Jahrhundert, in unserem Mittelalter, haben sicher auch

nicht gedacht, daß es heute bedeutungslos geworden ist, welcher Gemeinschaft man angehört, wenn man überhaupt noch einer angehört.«
Kerim lacht leise. »Du meinst, daß unsere Religion heute diese äquivalente mittelalterliche Entwicklungsstufe durchmacht, fünf Jahrhunderte zeitverschoben?«
Peter nickt unmerklich in der Hoffnung, den anderen nicht zu beleidigen.
»Das trifft für die Mehrheit, hauptsächlich im Nahen Osten und in Nordafrika, tatsächlich noch zu. Aber viele von uns hier im Westen, wir versuchen im Sinne des Korans zu handeln und verzichten auf das buchstabengetreue Einhalten von Pflichten.«
»Wenn der Islam sich so reduzieren ließe auf den Glauben an einen abstrakten Gott und an das Alte Testament einschließlich Abraham, Noah und Moses, was ja die beiden Religionen gemeinsam haben …«
»… alle drei Religionen, wenn wir die Juden einschließen.«
»Richtig, dann müßte es im Laufe von einigen Generationen möglich sein, unsere christliche Religion ebenfalls zu entschlacken. Wenn wir Dogmen und alle Glauben-müssen-Sätze, die ab dem 4. Jahrhundert der ethischen Lehre von Christus durch Konzile hinzugefügt wurden, wieder abziehen, dann würden wir uns dem kleinsten gemeinsamen Nenner von eben schon beträchtlich nähern.«
»Du vergißt den Eckpfeiler der christlichen Lehre: Jesus beansprucht, Gottes Sohn zu sein.«
»Klingt wirklich etwas anmaßend.«
»Du bist ja vielleicht ein schlechter Christ!«

»Das ist nur eine Frage der unglücklichen Interpretation der populären Verkündigung und der Frömmigkeit späterer Generationen. Die offizielle christliche Kirche hat nie Jesus an die Stelle Gottes gesetzt, und die orthodoxe christliche Trinitätslehre hat nie Gott und Jesus einfach identifiziert. Daß die frühe Christenheit den auferweckten Jesus an Gottes Seite sah – sitzend zur Rechten des Vaters –, das hatte durchaus ernsthafte Gründe. Denn nach alter orientalischer Sitte ist der, der zur Rechten des Königs sitzt, sein Sohn oder Stellvertreter.[1] Und als Gottes Stellvertreter auf Erden zu seinen Lebzeiten müßte er auch für die Muslime akzeptabel sein, wenn man den Begriff des Propheten etwas freizügig interpretiert.«
»Somit wären Jesus und Mohammed gleich bedeutende, nacheinander folgende Propheten.«
»Warum nicht? Für denkende, alles in Frage stellende moderne Menschen sind Begriffe wie Menschensohn, Gottessohn, unbefleckte Empfängnis und leibliche Himmelfahrt mehr mythologische Vorstellungen als glaubwürdige Begriffe.«
Jetzt brach der Konstrukteur in ihm durch. »Wir haben in den letzten Jahrzehnten die schlanke, die Lean Production kennengelernt, das Lean Management, nun ist die Zeit reif für eine Lean Religion. Je schlanker, je weniger beladen mit zu glauben müssenden Dogmen, mit zu tun müssenden rituellen Pflichten, um so eher nähern wir uns einer einheitlichen Weltreligion.«
»Und wir müßten die Behauptung Mohammeds vergessen, der letzte der Propheten sein zu wollen,

[1] Küng, Hans: Existiert Gott? München 1995

dann wäre noch Platz für einen weiteren, einen alle einigenden Genius.«
»In der heutigen Zeit kann ein Vordenker großartige Gedanken von sich geben, und die Menschheit nimmt keine Notiz von ihm. Da könnte schon eher jemand erfolgreich ein Buch publizieren über Marktstrategie oder antizyklische Schweinezucht. Wäre die geistige Aufnahmebereitschaft für ethische und religiöse Fragen in der westlichen Welt so groß wie, sagen wir, vor zweitausend Jahren, so würden wir vielleicht einen Vordenker wie den im letzten Jahrhundert lebenden Professor Küng als einen weiteren Propheten erkennen.«
Kerim legt seine Hand auf Peters Schulter: »Ich hab' dich sicherlich verkannt. Auch wenn wir uns verstehen, wird, fürchte ich, die Diskrepanz zwischen den Religionen zur Zeit eher größer als geringer. Während das Christentum, zumindest auf der nördlichen Halbkugel, von innen her verfault, erlebt der Islam eine Renaissance, leider überspitzt und hauptsächlich in den Ursprungsländern auch aggressiv.«
»Dann bleibt nur noch die Frage: Wie überbrücken wir die nächsten fünfhundert Jahre?«
Beide brechen in ein befreiendes Lachen aus. Sie beginnen den abschüssigen Weg hinunterzulaufen, steigern sich, rennen das letzte Stück Wiese bergab und landen prustend in der Küche.
Es riecht nach Braten. Auch die Frauen scheinen sich prächtig unterhalten zu haben. Maria schiebt Peter ein Küchenbrett mit einer Zwiebel zum Schneiden zu, Laura bindet Kerim eine Schürze um und führt ihn zum Spültisch, wo ein Bündel Lauch darauf war-

tet, gewaschen zu werden. Nach geistigem Höhenflug braucht auch der Körper seine Betätigung.
Die Welt ist doch schön.
Peter und Maria fahren Montag früh wieder zurück nach München. Beim Abschied bittet Kerim um die Erlaubnis, während der Woche einige Journalisten kommen lassen zu dürfen. Etwas Privatleben an die Öffentlichkeit preiszugeben kann sieben Wochen vor der Wahl sicher nicht schaden.

Mittwoch, 29. August

Nur eine Handvoll Reporter zusammen mit ihren Fotografen von zwei überregionalen deutschsprachigen und den drei größten in Deutschland herausgegebenen türkischen Zeitungen sind zum Kaffee um sechzehn Uhr eingeladen.
Die Fotos sind in fünfzehn Minuten geschossen; Bahadirs vor dem Haus, Kerim Hand in Hand mit Laura im Dirndl, Blick über grünes Land … Auch die Kinder, die von Kerim für zwei Tage herbeibeordert worden sind, lächeln in die Kameras, obwohl sie nur sehr widerwillig ihre kostbare Zeit in dieser »langweiligen« Umgebung opfern.
Verwertbares und weniger Sinnvolles ist in den Digitalkameras gespeichert. Die Fotoreporter verabschieden sich; zurück am Kaffeetisch im Garten unter einem Apfelbaum bleiben fünf Bahadirs und die schreibende Zunft der Reporter. Eine aus dem Dorf gekommene Bedienungshilfe hat allen eingeschenkt, Kuchenstücke nach Wunsch verteilt; die Aufnahmegeräte zum Mitschnitt sind eingeschaltet, und zwanglos kommen die ersten Fragen:
»Herr Bahadir, wir vermissen in diesem Wahlkampf die früher üblichen Forderungen nach mehr Geld

für die Eingliederung neuer Zuwanderer. Sind Sie so zufrieden mit dem Erreichten?«
»Es gibt auch vordringliche Werte und Ziele, die nicht nur mit Geld zu erreichen sind. Ich denke da an kulturelle Eigenständigkeit der Volksgruppen.«
»Frau Bahadir, werden Sie sich, nachdem Ihr Mann erster Vorsitzender einer großen Partei geworden ist, eine neue Aufgabe setzen, neben Ihren Pflichten als Mutter und Ehefrau?«
Auf diese erwartete Frage kam jetzt die von Kerim und Laura abgesprochene Antwort: »Ich werde, da ich als Altdeutsche zwischen der deutschen und der türkischen Kultur stehe, die Erziehung der Kinder zu harmonisieren versuchen.«
»Finden Sie nicht, daß Mißstände an den Schulen abgeschafft werden sollten, um gleiche Bedingungen für alle Kinder zu erreichen?«
»Die Probleme beginnen früher. Während die Kinder von bosnischen, polnischen, russischen oder auch schwarzen Eltern aus Angola, die, sagen wir, schon zehn Jahre in Deutschland leben, bei der Einschulung recht gut Deutsch sprechen, so kommt es häufig vor, daß Kinder von Türken, die schon seit mehreren Generationen hier wohnen, ohne deutsche Sprachkenntnisse in die Schule geschickt werden.«
So ganz scheint Kerim die Antwort nicht zu gefallen, und er fügt hinzu: »Meine Frau wird mithelfen bei dem Versuch, die Probleme an der Wurzel zu fassen. In gemeinsamen Kindergärten können sowohl türkische Kinder Deutsch lernen als auch umgekehrt, können deutsche Kinder türkische Bräuche, Lieder, Feste und die Sprache kennenlernen.«

»Welche Gründe führen dazu, daß speziell Kinder türkischen Ursprungs die deutsche Sprache so schwer erlernen?« fragt der Reporter einer deutschen Zeitung.
Laura, der es mißfallen hat, daß Kerim sie bevormundet hat, legt los: »Ich habe viele Lehrer gesprochen, schließlich habe ich drei eigene Kinder. Diese Erfahrungen, zusammen mit Erkenntnissen aus Zeitungsreportagen, erlauben es mir, mir ein Urteil bilden zu können. Schon um die Jahrtausendwende zeichnete es sich ab, daß die Schulen in den damaligen Mischgebieten in Städten des Ruhrgebiets von bis zu achtzig Prozent, in Mannheim zum Beispiel von bis zu siebzig Prozent und in Extremfällen wie in Berlin Kreuzberg oder Wedding von bis zu neunzig Prozent von Kindern ›nicht-deutscher Herkunftssprache‹ besucht wurden. Das war damals die politisch korrekte Bezeichnung. Und jetzt zu Ihrer Frage. Aufgrund der engen Familienbindungen und aufgrund einer Religionszugehörigkeit lieben es Türken, beieinander zu wohnen. Das führte schon früh zu Mischgebieten und Ghettos mit vorwiegend türkischem Anteil. Kinder aus diesen Ghettos haben wenig Beziehung zur Außenwelt, so daß Lehrer oft die ersten deutschsprachigen Kontaktpersonen sind.
Hinzu kommt der Wunsch vieler Türken, türkische Staatsbürger bleiben zu wollen. Schon Ende des letzten Jahrhunderts forderte die Milli Görüs, und das wissen Sie als Reporter der Zeitschrift ›Perspektive‹ auch, ihre Landsleute auf: ›Vergeßt nie, daß Ihr Türken seid und immer Türken bleiben werdet.‹

Deshalb auch der Wunsch nach doppelter Staatsbürgerschaft.«
»Glauben Sie nicht, Frau Bahadir, daß Sie mit Ihren Äußerungen Ihrem Mann schaden könnten? Außerdem sprachen Sie von den Problemen, die vor fünfzig Jahren existiert haben. Heute haben wir schließlich schon türkischsprachige Volksschulen, die Imam-Hatip-Gymnasien und Berufsschulen.«
»Und was bezeichnen Sie als Mißstände, etwa, daß Fachhochschulen und Universitäten noch nicht zweisprachig unterrichten?«
Bahadir unterbricht das zuletzt in gereizter Atmosphäre verlaufene Gespräch in türkischer Sprache. Er und die Reporter der türkischsprachigen Zeitungen stehen auf und schreiten auf der Wiese zwischen Haus und Wald auf und ab. Die Kinder durchstreifen den nahen Wald, und Laura bleibt mit den Reportern der deutschen Zeitungen am Tisch sitzen.
»Tut mir leid, wenn meine Emotionen eben mit mir durchgebrochen sind.«
Weitere Fragen, direkter wie auch angedeuteter Art über ihr Privatleben, weiß Laura geschickt zu umgehen, und es entwickelt sich ein entspanntes Gespräch, bis die Kinder wieder auftauchen, um ihren an frischer Bergluft erlangten Hunger mit Kuchen zu stillen. Auch Kerim mit seiner Gruppe schließt sich der Tischgemeinschaft wieder an.
Fragen und Antworten, nicht unbedingt von aufregender Natur, gehen hin und her; schließlich sind die Interviewer eher wohlwollend als aggressiv. Auch die Kinder werden mit einbezogen, und auf die Frage nach ihren Wünschen antwortet Erci: »Ich

möchte mal in Deutschland viel Geld verdienen und mir dann ein Haus und eine Yacht an der türkischen Küste kaufen. Aus diesem Grund ist auch die doppelte Staatsbürgerschaft notwendig.«
»Wenn wir schon darüber sprechen, Herr Bahadir, wo möchten Sie Ihren Lebensabend verbringen?«
»Mit großer Wahrscheinlichkeit werde ich in Deutschland bleiben, aber mir ist bewußt, daß viele meiner Ex-Landsleute im Alter in die Türkei zurückziehen.«
»Weil sie mit der deutschen Rente in der Türkei besser leben können?«
»Es gibt eine Reihe von Gründen, die dagegen und dafür sprechen. Die Kinder und Enkel, die weiterhin in Deutschland leben, andere Verwandte in der Türkei, das Gefühl, wieder in der Heimat zu sein …«
»Finden Sie nicht, daß dies ein Aderlaß der deutschen Wirtschaft ist?«
»Schon, aber die Anzahl altdeutscher Rentner und Pensionäre, die sich ihre Bezüge nach Spanien, insbesondere auf die Kanarischen Inseln, oder nach Miami oder Kalifornien oder in die Schweiz überweisen lassen, ist ebenfalls recht groß, so daß trotz positiver Handelsbilanz die Leistungsbilanz immer mehr ins Negative abgleitet.«
Bahadir beeilt sich, diese Themen zu beenden. Er versteht es, von herrlichen Spaziergängen im Mischwald zu schwärmen und den Brombeeren, die sie schon gesammelt haben.

Donnerstag, 13. September

Die Kirchengemeinde ist nur klein, als am Donnerstag, dem 13. September 2046, früh um acht Uhr die letzte heilige Messe in der Johanniskirche in Haidhausen in München gehalten wird. Sowohl die deutschsprachigen als auch die beiden türkischsprachigen Münchener Zeitungen widmen einen Tag später diesem symbolhaften Ereignis und dem nachfolgenden praktischen Auszug der christlichen Kirche aus dem Kirchengebäude eine ganze Seite in den Lokalnachrichten. Als augenfälligen Aufhänger zeigen alle Blätter das optisch spektakuläre Herablassen der Glocken vom Turm und beschreiben den technischen Ablauf der Räumung, das heißt der Profanierung, insbesondere die Herausnahme der Reliquien, die entsprechend einer alten Urkunde von Johannes dem Täufer sein sollen. Der Pfarrer entnimmt der Altarplatte das goldene Gefäß mit den Reliquien (vielleicht ein kleines Knöchelchen oder ein Gebeinsplitter) und trägt es, begleitet vom kleinen Rest der Kirchengemeinde, aus dem Gebäude. Bilder werden abgehängt; Heiligenfiguren aus Stein oder Holz abmontiert und verpackt. Am Schluß wird der Altar demontiert, verladen und zusammen mit den anderen Dingen zum Dom nach Freising geschafft.

So ähnlich die Beschreibungen des Geschehens in den Zeitungen lauten, so unterschiedlich klingen die Kommentare. Die »Süddeutsche« setzt zwar ein Fragezeichen hinter die Überschrift »Letzter christlicher Gottesdienst in Johanniskirche?«, aber im Laufe der Stellungnahme kommt sie zu der Erkenntnis, daß dies wohl ein unumkehrbarer Vorgang sei. Zwar sei auch die Hagia Sofia, eine von Christen gebaute Kirche im alten Konstantinopel, eine Moschee beziehungsweise ein Museum geworden, aber das Beispiel hinke zu stark, da dieses Gebiet nicht mehr byzantinisch, sondern eben türkisch sei.
Andere Exempel aus Ungarn oder umgekehrte Vorgänge aus Spanien sind ebenfalls nicht vergleichbar, da sie zu anderen Zeiten, unter anderem Zeitgeist stattgefunden haben.
Befindet sich der Islam in einer Renaissance, so ist die Christenheit in Europa »ausgepowert«, hat Kraft und Willen verloren zur Fortpflanzung, hat die Führung hinsichtlich wissenschaftlicher, wirtschaftlicher Kompetenz an andere weitergegeben. Die Bindungen der »Christen« an ihre Religion, an Elternhaus, an Schule, an Ehe werden loser.
Ist die Zeit gekommen, da Jesus, ähnlich einem ägyptischen Sonnengott, einem griechischen Gott der Liebe oder Apollo, Sohn des Zeus, zu einem Wort im Kreuzworträtsel mutiert, »christlicher Gottessohn mit fünf Buchstaben«?
Weniger elegisch behandeln die türkischen Gazetten die Schlüsselübergabe der Kirche an den neuen Imam der zukünftigen Moschee. Sie zeigen ein computerisiertes Bild mit dem Turm, der bereits die

Plattform für den Muezzin besitzt. Auch der Innenraum wird neu gestaltet. Der Mihrab, die Gebetsnische, befindet sich an der Stelle des rechten Seitenaltars und weist, entsprechend auch der Diagonalen des Kirchenschiffes, direkt nach Mekka. Rechts daneben steht der Minbar, die Kanzel für die Freitagspredigt. Der erhöhte Altarraum wird durch eine Wand abgetrennt und soll dem Imam als Arbeitsraum dienen. Im hohen Kirchenschiff wird eine Decke eingezogen, so daß der Gebetsraum unten die große Fläche der Kirche beibehält, während oben genügend Platz für einige Räume der Koranschule ist. Eine weitere Graphik zeigt den Gebetsraum, verziert mit Kacheln und Teppichen aus der Türkei, mit Ornamenten und den neunundneunzig Gottesnamen.

Bald werden wir eine große, repräsentative Moschee besitzen mitten in einem unserer Wohngebiete, mitten unter den Gläubigen, und täglich werden sie gemeinsam beten können, inschallah.

Sonntag, 7. Oktober

Peter freut sich auf die Golfrunde zum Jahresabschluß, die sie alle Jahre Anfang Oktober abhalten und die meist als feuchtfröhliche Runde im Vereinsheim endet.
»Warum hast du Maria nicht mitgebracht?«
Auf diese einfache und naheliegende Frage weiß Peter nicht nur in diesem Moment keine Antwort. Vielleicht hat er begonnen, zuviel über sich nachzudenken, vielleicht verliert er die Leichtigkeit, einfach zu leben und zu lieben, vielleicht auch ist die übernormale Suche nach Sinnfindung in all seinem Tun die Folge fehlender eigener Kinder? Seine innere Verfassung färbt die Stimmung im Kreis seiner Freunde.
»Habt ihr schon vom gestrigen Stadtratsbeschluß gehört?« platzt Xaver mit seiner Neuigkeit heraus.
»Mit den Stimmen der Roten, der Grünen und der ISU wurde beschlossen, daß aufgrund der ständigen Überfälle ein neuer Stadtteil gebaut wird, eine Siedlung für alle Türken und Kurden aus Deggendorf und umliegenden Landkreisen. Der Name steht auch schon fest: Yeni Izmir.«
»Was!«
»Yeni heißt ›neu‹, aber das wirst du auch noch lernen.«

»Wie wäre es, wenn die Stadt die Millionen, die es kostet, nach Thüringen schickt, damit die das Projekt Weimar II weiter vergrößern und unsere Türken auch noch aufnehmen.«
»Warum sammeln sich eigentlich gerade in Weimar so viele Muslime, selbst Islamanhänger deutscher Abstammung?«
»Weimar, als Stätte klassischer deutscher Literatur und Hochkultur, ausgebaut und umfunktioniert zu einer neuen Medina, einem Wallfahrtsort, macht sich doch mit der Galionsfigur Goethe großartig als Aushängeschild der islamischen Bewegung in Deutschland.«
»Wenn man den Freidenkergeist Goethes weniger kennt, dafür aber eine Reihe von Passagen des West-östlichen Diwans wörtlich nimmt, dann können islamische Gelehrte tatsächlich glauben, Goethe als den ersten deutschen Allah-Gläubigen erkannt zu haben.«
»Vertreibt mir meine Klientel nicht«, grient Joschua Faltenmeier, wissend, daß er mit dieser Bemerkung den Protest der anderen hervorruft. Joschua ist Rechtsanwalt, gehört nicht zum allerinnersten Freundeskreis, gesellt sich aber gern bei kleinen und größeren Anlässen wie Geburtstagen zu diesem Stammtisch.
»Während produktive Arbeitsplätze ständig verlorengehen, organisiert sich die Justiz ihre eigenen Arbeitsbeschaffungsmaßnahmen. Du zum Beispiel rätst den abgelehnten Asylbewerbern doch nur deshalb, in die Berufung zu gehen, damit du sie in der zweiten Instanz vertreten kannst.«

»Und wer zahlt für deine Tätigkeit und für die Gerichtskosten? Der Steuerzahler.«
»Soll'n die Kurden doch nach Kasachstan auswandern, da wohnen auch Moslems, und da ist noch Platz.«
»Das wäre aus der Sicht islamischer Vordenker nicht mehr notwendig. Schließlich gehören seit dem Zusammenbruch der Sowjetunion Kasachstan und die anderen muselmanischen Völker ohnehin schon unter den Einflußbereich von Ankara.«
»Aber hier in Westeuropa, da muß erst noch Vorarbeit geleistet werden. Mit etwas kurdenfeindlicher Politik – ab und zu eine militärische Intervention im Osten Anatoliens, und schon bleibt der Zustrom kurdischer Muslime nach Deutschland ungebrochen.«
»Der Traum vom alten Osmanischen Reich lebt wieder auf.«
»Belgrad und Budapest waren im 16. und 17. Jahrhundert auch schon mal in muselmanischer Hand. Da und vor den Toren Wiens haben es die alten Könige und Fürsten auch wieder geschafft.«
»Prost! Es lebe Prinz Eugen und der alte Kurfürst Maximilian.«
»Früher hat ein Land dem anderen den Krieg erklärt. Da konnte man sich noch wehren.«
»Europa ist immer noch so stark, wirtschaftlich, militärisch …«
»Aus dem Grunde kommen die ja auch nicht mehr mit dem Krummsäbel, sondern mit dem Penis …«
»… und produzieren Babys in Massen, und das humanistisch erzogene Europa ist hilflos gegen die Eindringlinge.«
»Jetzt trink dein Bier und gib a Ruah!«

Sonntag, 14. Oktober

Bahadir hat in den letzten Wochen seine tägliche Arbeitszeit in der Parteizentrale in Kreuzberg, sehr zum Bedauern seiner Frau Laura, auf zwölf Stunden erhöht. Daß die Zentrale gerade in der Hochburg der Milli Görüs gebaut worden war, hat den Einfluß dieser Fundamentalisten leider noch verstärkt.
Seine anfängliche Befangenheit gegenüber den alten Machtträgern in der Partei hat sich inzwischen gelegt, vor den Führern der einzelnen Gruppen, wie dem deutschen Ableger der von Istanbul aus gesteuerten Refah-Partei, den verträglichen Aleviten, die nach Meinung der ersteren eigentlich keine Muslime sind, den kurdischen PKK-Anhängern und schließlich der schiitischen Gruppe mit ihrem Oberhaupt, dem aus dem Iran stammenden Imam. Andere Gruppierungen, wie die von Saudi-Arabien finanziell unterstützten Organisationen, die OIC, die Organization of the Islamic Conference, und die Islamische Liga, nehmen nur geringen Einfluß auf die Partei.
Bahadir hat immer das Gespräch gesucht, er hat es fertiggebracht, die verschiedenen Kreise zu überzeugen, daß für alle Interessengruppen das Wohl der Partei vorrangig sein müsse, denn hauptsächlich über

sie kann der Einfluß des Islam in Deutschland politisch gesteigert werden.
Wahlredner im Land melden ihre Beobachtungen und die an sie gestellten und nicht immer mit Erfolg beantworteten Fragen. Antworten werden während der zweimal wöchentlich stattfindenden parteiinternen Konferenz gesucht; meistens, wenn Aspekte des Glaubens betroffen sind, wird versucht, eine für alle akzeptable Formulierung zu finden. Es herrscht eine Art Waffenstillstand, der nach der Wahl, egal welche Stimmenkonstellation sich ergeben wird, sicherlich wieder brechen muß.

Sonntag, *der* Wahlsonntag ist gekommen.
Kerim und Laura haben beschlossen, lange zu schlafen, um abends, in der Wahlnacht, noch munter zu sein. Fotogen ihre Wahlscheine in den Urnenschlitz stecken können sie in Falkensee noch nicht; so haben sie ihre Stimmen per Briefwahl in München abgegeben.
Kerim tritt am späten Nachmittag mit seiner Zentrale in Verbindung. Die ISU-Führung hat eine zeitliche Staffelung, wer wann verantwortlicher Gesprächspartner gegenüber der Presse sein soll, vereinbart.
Ergün als zweiter Vorsitzender ist für alle Fälle schon den ganzen Nachmittag als Ansprechstelle und eventuell als Koordinator im Büro.
Ins Wahlstudio des ZDF eingeladen sind die Vertreter der Parteien ab siebzehn Uhr dreißig, Zeit genug, um sich kameragerecht pudern zu lassen und sich in bekanntem Kreise einzudiskutieren.

Der Generalsekretär der Partei, Karakas, ist bereits anwesend und übernimmt für die ersten Stunden des heutigen Abends die Stelle des verantwortlichen Sprechers, während Bahadir sich vorbehält, erst gegen einundzwanzig Uhr, wenn das Ergebnis schon ziemlich festzementiert steht, zu erscheinen.

18.00 Uhr. Auf der Übertragungswand ein erstes Interview mit einem Wahlleiter, der eine recht gute Wahlbeteiligung bestätigt. Es folgen einige Kurzbefragungen von Passanten auf der Straße und dann, das ist schon interessanter, die Prognosen der beiden größten Umfrageinstitute.

Sie sagen einen leichten Verlust der Linken voraus, hervorgerufen durch die demographische Entwicklung in Deutschland. Den Zuwachs bei der ISU haben Fachleute auf drei bis vier Prozent geschätzt, so daß sie ihren Platz als zweitstärkste Partei wird ausbauen können.

18.35 Uhr. Die erste Hochrechnung auf der Basis von nur einundzwanzig Wahlbezirken: Den größten Sprung um fünf Prozentpunkte von vierundzwanzig auf über neunundzwanzig Prozent macht die ISU. Verluste verzeichnen die Volksparteien. Die CDU/CSU verliert über zwei Punkte und kommt auf dreißig Prozent, die ursprüngliche Volkspartei SPD fällt auf vierzehn Prozent, die Grünen haben leichte Gewinne und erreichen 17,5 Prozent.

19 Uhr. Nachrichten im ZDF, die ebenfalls auf der Bildtafel von allen im Wahlstudio verfolgt werden können. Die Regie schaltet um von der Sprecherin in das extra für diese Wahl eingerichtete Studio. Ka-

mera eins ist auf den die Computergraphiken Interpretierenden gerichtet:
»Die zweite Hochrechnung nach der Auszählung der Stimmen in vierundsiebzig Wahlkreisen bestätigt den Trend der ersten Rechnung. Zuerst die Graphik der prozentualen Stimmverteilung: CDU/CSU 29,3 Prozent, ISU 29,8 Prozent, Grüne 17,6 Prozent, SPD 13,9 Prozent, AP 6,2 Prozent, Sonstige 3,2 Prozent.
Wir sehen also ein Kopf-an-Kopf-Rennen der beiden größten Parteien. Und hier die Gewinn-und-Verlust-Rechnung: CDU/CSU ...«
Karakas strahlt über das ganze Gesicht. Nicht das Mehr oder Weniger an Stimmen, also der Vergleich mit der Vergangenheit, interessiert ihn, sondern die Zukunft, der Vergleich mit den konkurrierenden Parteien. Erste Glückwünsche der umherstehenden Vertreter anderer Parteien nimmt er wahr; das erste Kurzinterview des Fernsehmoderators; die voraussehbare Frage, wie er sich den großen Sprung nach vorn erklären könne, und sein momentanes Abwiegeln, daß sich dieses Zwischenergebnis ja noch gewaltig ändern könne.
20.30 Uhr. Kerim und Laura Bahadir lassen sich in ihrem neuen, gepanzerten BMW von Falkensee ins Wahlstudio fahren. Voll informiert über alle Ereignisse, die immer günstiger lautenden Ergebnisse, die sie im Radio verfolgen, und die Kommentare anderer Parteienvertreter, die Kerim von seinem neuen jungen Mitarbeiter aus dem Studio übermittelt werden, erreichen sie den in diesen Stunden als Mittelpunkt der Republik zu bezeichnenden Ort.

Laura hat sich bei Kerim untergehakt, als sie an einer Wand von Pressefotografen vorbei zum Eingang schreiten. Sie werden empfangen und zuerst in den Raum der Maskenbildner geführt. Lauras Protest, daß sie gerade erst zu Hause ihr Make-up aufgetragen habe, nützt nichts; die Professionellen haben ihre eigenen Vorstellungen. Gemeinsam werden sie wieder weitergereicht, vorbei an einer Bar mit Erfrischungen und einer langen Tafel mit fertig zubereiteten Delikateßhäppchen.
Karakas hat sie erspäht, geht ihnen entgegen: »Na, auf Sie kommt jetzt einiges zu.« Er reicht Laura die Hand: »Gut, daß Sie mitgekommen sind. Frau Weißkopf ist ebenfalls hier. Aber schließlich sind wir die Partei mit den meisten Stimmen.« Mit Bahadir geht er kurz die bereits abgegebenen Statements durch und bereitet ihn auf zu erwartende Vorschläge und Angriffe der anderen vor.
Der Moderator geht auf die Gruppe zu: »Frau Bahadir?« Laura reicht ihm die Hand. »Daß Sie mitgekommen sind, freut mich sehr«, und an Bahadir gewandt: »In zirka zehn Minuten erwarten wir das vorläufige Endergebnis, danach kommt die Diskussionsrunde, wie besprochen. Machen wir doch gleich vorher ein Interview mit Ihnen?« Er reicht Bahadir einen Computerausdruck mit den letzten Ergebnissen.
Sie gehen auf ein ovales Stehpult zu, werden hinter dem Pult plaziert, Kamera zwei rückt etwas weiter vor, der Kameramann lenkt Bahadir mit einem freundlichen Wink noch näher an Laura heran, ein Kopfnicken des Moderators, der durch Kopfhörer und Mikrofon mit der Regie in Verbindung steht,

und Bahadir weiß, daß sie jetzt in Großaufnahme gesendet werden. Laura lächelt ihren Mann an, schaut hinüber zum Moderator, lächelt in die Kamera. Was soll man sonst auch tun?
Nach qualvollen Sekunden kommt der Moderator und stellt sich zwischen die beiden.
»Herr Bahadir, zuerst unseren Glückwunsch zu diesem großartigen Ergebnis. Haben Sie selbst damit gerechnet?«
»Es klänge jetzt bescheidener, wenn ich sagen würde, daß ich sehr überrascht bin, aber ich habe tatsächlich mit einem großen Zuwachs an Stimmen gerechnet.«
»Wie können Sie sich diesen Zuwachs erklären?«
»Änderungen von Stimmenanteilen beruhen, wenn es eine ganze Palette von Parteien gibt, mehr auf Mutmaßungen. In unserem Fall sind es ganz einfach zwei Faktoren: Einmal wächst unsere islamische Gemeinde entsprechend der demographischen Entwicklung und dem weiteren Zuzug, des weiteren wurden wir auch von Christen und von anderen Religionsangehörigen gewählt, die gleiche Einbürgerungsprobleme und Sorgen haben wie wir.«
»Welche Koalitionsmöglichkeiten sich ergeben, können wir gleich in der Diskussionsrunde ausloten. Frau Bahadir«, wendet sich der Moderator an Laura, »wie stehen Sie zu der Politik Ihres Mannes?«
Eine so knallharte Frage gleich am Anfang hat sie nicht erwartet und weicht deshalb einer konkreten Antwort aus. »Mein Mann war meine große Jugendliebe, dann haben wir geheiratet. Ich selbst bin ein eher unpolitischer Mensch.«

Kerim lächelt Laura an und versucht, ihr Selbstbewußtsein zu stärken:
»Haben Sie sich schon mit dem Gedanken vertraut gemacht, eventuell Frau eines Ministers zu werden?«
»Die Lebensumstände haben sich bereits jetzt erheblich geändert; Einkaufen oder Ausgehen, wenn überhaupt, nur mit Personenschutz. Dagegen würde ich mich freuen, auf internationaler Ebene neue Kontakte pflegen zu können …« »… da Sie ja, wie ich gelesen habe, mehrere Sprachen sprechen.«
Der Interviewer blickt auf. »Ich bekomme gerade ein Zeichen von der Regie und gebe ab an unser Datenzentrum.«
21.20 Uhr: »Wir haben jetzt, meine Damen und Herren, das vorläufige Endergebnis vorliegen:

Hier ist zuerst die Stimmenverteilung in Prozent:

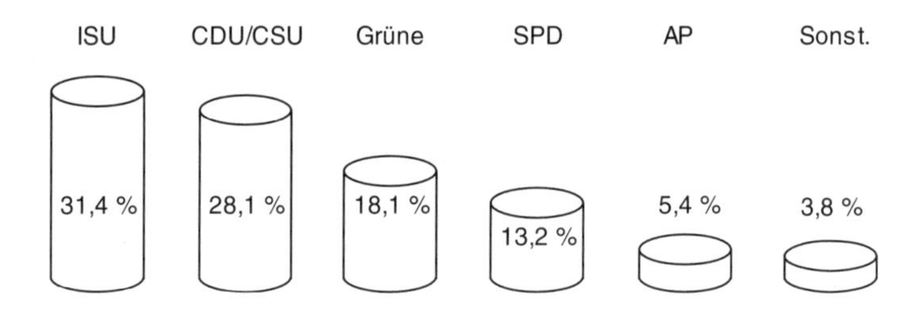

Und nun die Gewinn-und-Verlust-Rechnung:

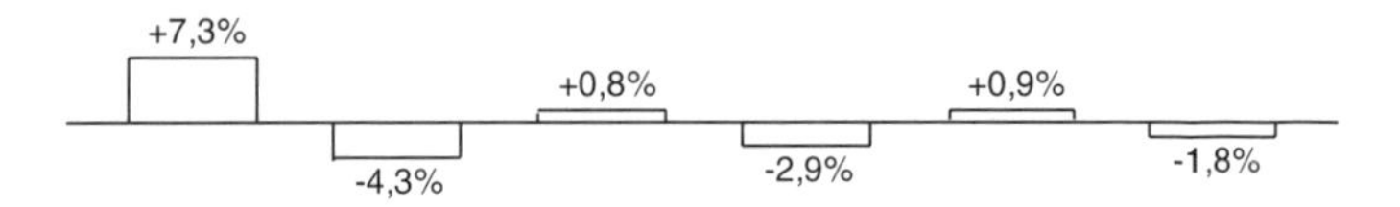

Die Verteilung der 595 Abgeordneten im neuen Bundestag:

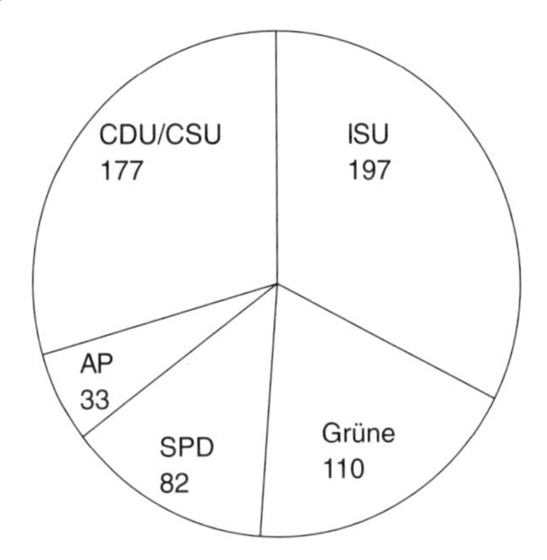

Bahadir erkennt sofort die für ihn sehr interessante und auch durchführbare Konstellation, und sein sonst immer höfliches Lächeln könnte ein genauer Beobachter schon als selbstbewußtes, auch Freude zeigendes, etwas freches Grinsen deuten. Dr. Weißkopf klopft ihm auf die Schulter: »Gratuliere Ihnen, mein Lieber. Ich glaube, wir werden in den nächsten Tagen eine Menge zu bereden haben.«
Stand man vorher in losen Gruppen zusammen, so verdichtet sich jetzt das Treiben um die Hauptakteure. Karakas und Bahadir sehen sich wieder, umarmen sich, man beglückwünscht einander und prostet sich zu mit Sekt oder Fruchtsaft.
Ein Kommentator des Senders gibt ein erstes Resümee. In der Zwischenzeit bittet der Moderator alle Parteivorsitzenden zu einem halbrunden Tisch in der Ecke des Raumes, etwas abgetrennt vom lärmenden Saal. Ungern nur läßt er auf Drängen von Dr. Weißkopf die Doppelvertretung mit dem CSU-

Vertreter zu, denn schließlich erscheint dies nicht mehr angemessen in Relation zur Stimmverteilung. Zwei, drei Minuten wird es bis zum Beginn der Diskussion noch dauern. Bahadir sieht noch, wie Frau Weißkopf und Laura sich angeregt unterhalten und amüsiert lachen. Der Moderator räuspert sich, das rote Lämpchen auf Kamera drei, die mittig vor dem Tisch steht, leuchtet auf:

»Meine Damen und Herren, zu unserer obligaten Runde am Wahlabend begrüße ich Sie herzlich: zu meiner Rechten Bundeskanzler Weißkopf von der CDU, dann den Gewinner des heutigen Abends, Herrn Bahadir von der ISU, Herrn Eigel von der CSU, Frau Fischer von den Grünen, des weiteren Frau Schroder, SPD, und Herrn von Lipkow von der Abendländischen Partei.

Herr Bahadir, wozu, präzise, wurde Ihnen heute gratuliert?«

»Ganz einfach, zur Führung der stärksten Partei, nicht mehr und nicht weniger.«

»Glauben Sie, daß der Bundespräsident Sie mit der Bildung einer neuen Regierung beauftragen wird?«

»Nein, es ist wahrscheinlicher, daß der Bundespräsident dem jetzigen Kanzler diesen Auftrag gibt in der Hoffnung, daß er eine Mehrheit unter seiner Führung vereinen kann.«

»Eine vorläufig letzte Frage: Wären Sie bereit, in einer neuen Regierung mitzuarbeiten?«

»Es sind mehrere Konstellationen möglich. Ich möchte zur Zeit keine ausschließen.«

»Möchten Sie eine ausschließen, Herr Bundeskanzler?«

»Ganz und gar nicht. Ich werde mit allen Parteien reden. Besonders interessiert bin ich daran, die neuen Deutschen und ihre Partei in die Regierungsarbeit einzubeziehen.«
»Frau Fischer, sind Sie zufrieden mit dem Wahlausgang?«
»Aber ja. Der Wahlerfolg zeugt von der Richtigkeit unserer Politik. Zuerst einmal möchte ich wieder unseren Wählern, hauptsächlich unseren jugendlichen Wählern, danken für ihr Vertrauen …«
»Und Sie, Herr von Lipkow?«
»Ich bin unzufrieden mit dem Ergebnis. Eine Partei, die Partei der Chaoten, der Schwulen und Lesben, der abtreibenden Frauen, der Demos, diese Destruktivisten haben unsere, in anderen Ländern selbstverständlichen Ziele als so nationalistisch auf die extreme rechte Seite verbannt, daß gemäßigte Konservative Angst vor uns bekommen mußten. Für den schleichenden Untergang …«
»Aber Herr von Lipkow, der Wahlkampf ist doch vorbei. Wir von der SPD haben Stimmen verloren; trotzdem möchte ich noch unseren treu gebliebenen Wählern danken. Unbedingt erforderlich für uns wird eine noch durchzuführende Analyse, ob uns die Nähe zu den Grünen mehr schadet als nützt.«
Bahadir sonnt sich zwar im Gefühl des Gewinners und des von allen Seiten Umworbenen, aber die Unterhaltung verflacht. Seine wahren Ziele spricht keiner aus. Verblüffend und amüsant ist die Redegewandtheit der täglichen Vielredner und die Vielzahl wohlgeformter Sätze, die notwendig sind, um nichts Konkretes sagen zu müssen.

Die Diskussion ist beendet; es kommt die hohe Zeit der Kommentatoren, Analytiker und Propheten. Bahadir und Kanzler Weißkopf gehen zu der Gruppe, die sich um ihre Frauen gebildet hat. Fotoreporter versuchen, jede Zusammensteh-Kombination festzuhalten, man weiß ja nie, welches Bild zu irgendeiner Story irgendwann gebraucht werden könnte.
Laura ist hoch erfreut, Kerim mitteilen zu können, daß sie zum Kaffee bei Weißkopfs eingeladen sind. Dieser macht ein süß-saures Gesicht. Nur nicht einwickeln lassen. Am Buffet angekommen, ergibt es sich, daß Bahadir neben Frau Fischer zu stehen kommt. Zu viert oder zu sechst wollen sie sich noch in dieser Woche treffen, um Gemeinsamkeiten und Kompromißmöglichkeiten für eine eventuelle Zusammenarbeit zu eruieren.
Es ist die Zeit, in der jeder Gast im Saal bereits jedem die Hand geschüttelt hat, die nächsten Treffs auf hoher Parteiebene zumindest vorbesprochen sind und die Teller mit den Häppchen immer leerer werden.
Karakas, der mit der Zentrale mehrmals in Verbindung stand, schlägt vor, kurz vorbeizufahren und sich vom Fußvolk auch noch mal um den Hals fallen zu lassen. Laura ist zwar nicht begeistert, aber …
Es herrscht dort echte Freude, keine Gruppenrangeleien. Ein aufregender Tag geht zu Ende; einer, von dem man weiß, daß man ihn im Leben nie vergessen wird.

Montag, 15. Oktober

»Hallo, Schwesterchen. Gratuliere euch zu so einem großen Erfolg. Ich hoffe, ich rufe nicht zu zeitig an am Vormittag danach, nach dem Wahlabend und den Wahlfeiern.«
»Macht nichts, Bruderherz. Wir frühstücken gerade. Stell dir vor, wir sind heute nachmittag beim Bundeskanzler eingeladen.«
»Und jetzt weißt du nicht, was du anziehen sollst?«
»Mach dich nur lustig über mich; mit Frau Weißkopf habe ich mich gestern abend ganz toll verstanden.«
Peter Bachmeier wünscht ihr dabei viel Erfolg und vermeidet es, ihr ihre spürbare Freude nicht durch zynische Bemerkungen – eine bei älter werdenden Männern nicht unübliche Unart – zu nehmen.

Am Nachmittag lassen sich Bahadirs zum Bundeskanzler fahren.
Natürlich wäre Anlaß für einige spitze Bemerkungen vorhanden, aber Bahadir läßt sich, den freundlichen Ton der Gastgeber erwidernd, zusammen mit Laura den parkähnlichen Garten zeigen. Erst nach Kaffee mit Gebäck, im Wohnzimmer gereicht, läßt ein von Bahadir bemerkter, ein paar Zehntelsekunden lang dauernder Blick von Weißkopf zu seiner Frau hinüber

diese Laura bitten, ihr ihre Blumensammlung zeigen zu dürfen.
»So, jetzt sind wir ungestört. Ich hab' hier einen dreißig Jahre alten Armagnac, ein Geschenk meines französischen Kollegen.« Er reicht Bahadir eines der beiden eingeschenkten Gläser: »Auf eine gute Zusammenarbeit!«
»Zum Wohl!« Bahadir nimmt einen Schluck.
»Wenn unsere beiden Parteien zusammenarbeiten könnten, hätten wir eine wohltuende Mehrheit. Im letzten halben Jahr hat Ihre Partei mehrmals für unsere Gesetzesvorlagen gestimmt; Sie denken konstruktiv; machen Sie mit; Ihre Partei hat zweieinhalb Prozent mehr Stimmen, also bekommen Sie auch einen Ministerposten mehr als wir, na?«
Bahadir bedankt sich für das ihm gezeigte Vertrauen, und er freue sich, daß er bei der morgen stattfindenden ISU-Sitzung ein so konkretes Angebot wird vorlegen können. Trotzdem ärgert er sich über sich selbst, daß er feige ist, andere vorschiebt und nicht sagt, daß er selbst mit einer anderen Variante spielt. Dem Langzeitkanzler wird, mit seinem Schatz taktischer Erfahrungen, ohnehin keiner seiner Gedanken entgangen sein.

Dienstag, 16. Oktober

Gutgelaunt betritt Bahadir am nächsten Morgen seine Zentrale; noch einmal großes Umarmen, Beglückwünschen, dann beginnt die erste Sitzung des erweiterten Parteivorsitzes.
Bahadir dankt allen Beteiligten für ihre Mithilfe, dann läßt er Asim Karakas, den Parteisekretär, die Liste der gewählten Abgeordneten vortragen, und zwar die in ihren Wahlkreisen direkt gewählten als auch die, welche mittels der Zweitstimme über die Ersatzliste in den Bundestag kommen. Wohl wissend, daß hier Gefahr für Auseinandersetzungen lauert, ergreift Bahadir gleich wieder das Wort. Denn jetzt, da erheblich mehr von dieser Ersatzliste in den Bundestag einziehen dürfen, als am Anfang des Jahres zu erwarten war, werden sich sicherlich einige Gruppen ärgern, daß sie um die vermeintlich aussichtslosen Positionen auf der Liste nicht genügend gekämpft haben.
Bahadir erzählt von seinem Treffen mit dem noch amtierenden Bundeskanzler, er unterbreitet den Anwesenden dessen Angebot und wartet auf ihre Reaktionen.
Nach kurzem Debattieren sind sich alle Gruppen einig, daß sich ihr Einfluß bedeutend erhöhen würde,

wenn sie selbst gemeinsam mit den Grünen die Regierung bilden könnten. Bahadir lächelt wie so oft in letzter Zeit. Ihre Reaktion war vorhersehbar, aber auf diese Weise gab er ihnen das Gefühl des Mitbestimmens. Er fordert sie auf, zwei Verhandlungspartner zu wählen, die mit ihm ein Vorgespräch mit den Grünen führen sollen, um Gemeinsamkeiten oder eventuell größere Differenzen für ein Regierungsprogramm zu erkunden. Aus Erfahrung weiß er, daß die Gruppen mit den größten Schreihälsen am ehesten ruhigzustellen sind, wenn man ihnen formal entgegenkommt; die wirkliche Richtlinienkompetenz würde er auf keinen Fall aus der Hand geben.
Karakas übernimmt die Auswahlrangeleien. Schließlich einigt man sich auf den dritten Parteivorsitzenden Osman Özdogan, einen weiteren Türken und zudem noch aus den Reihen der Milli Görüs, und, als Zugeständnis an andere ethnische Gruppen, auf Fatos Spahija, einen Albaner.

Donnerstag, 18. Oktober

Nach dem Mittagessen, um vierzehn Uhr, treffen sich die jeweils drei Vertreter der ISU und der Grünen zu einem ersten Koalitionsgespräch. Beide, Bahadir und Frau Fischer, schwenken bei der Begrüßung ein Stück Papier in ihren Händen, ein Fax mit dem amtlichen Wahlergebnis, welches das vorläufige Endergebnis aus der Wahlnacht voll bestätigt. Sie leiten gemeinsam die Diskussion, die Unterredung verläuft freundschaftlich; man dringt noch nicht in die Tiefe der einzelnen Sachgebiete vor, aber, und das hat sich schon bei der parlamentarischen Arbeit in den letzten Jahren gezeigt, es herrscht große Übereinstimmung in allen wichtigen innenpolitischen Fragen, wie zum Beispiel:

- Verhinderung der multiethnischen Konflikte in Deutschland ähnlich denen in Bosnien, Nordirland, Ruanda, Sri Lanka und etlichen weiteren Ländern durch verstärkte Anerkennung der Minderheitenrechte. Diese Minderheitenrechte verbürgen eigenständiges kulturelles Leben.
- Anerkennung der eigenen Sprachen in den Schulen und uneingeschränkte Religionsausübung.
- Erweiterung der Nationalparks in Deutschland als

kleine Kompensation für die Urwaldrodungen am Kongo, am Amazonas, in Kanada und in Indonesien.

- Abschaltung der letzten deutschen Atomreaktoren innerhalb von zwei Jahren.
- Einführung der türkischen Sprache als zweite deutsche Amtssprache (u.a. Abfassung aller Formulare in zwei Sprachen; öffentlich-rechtliche Sender wie die ARD senden Parallelprogramme in Türkisch).
- Erweiterung der Menschenrechte durch Menschengruppenrechte einschließlich eigenständiger Gerichtsbarkeit für religiöse Minderheiten.

Bahadir waren die Forderungen seines eigenen Mannes Özdogan schon peinlich, aber wie konnte er bremsen, wenn die Grünen diese Maximalforderungen nicht verhinderten.
Auch auf außenpolitischem Gebiet konnten sie ihre Ziele problemlos koordinieren:

- Austritt aus der NATO; dafür eine Kompetenzerweiterung der OSZE.
- Ausweitung der Beziehungen zur Türkei zu einer Achse Berlin/Ankara.
- Anerkennung der Türkei als Vollmitglied der EU (das schließt auch die freie Wahl des Wohnortes ein).
- Reduzierung des amerikanischen Kulturimperialismus hinsichtlich ihrer Filme, Fast food, Cola und Popmusik.

Bahadir sichert dem zukünftigen Juniorpartner das Außen- und das Umweltministerium zu. Für die

ISU behält er sich das Innen- und das Verteidigungsministerium vor; alles weitere sollte entsprechend den Qualifikationen der vorderen Parteidenker und nach parteiinternen Rücksprachen ausgehandelt werden. Bis dahin versichern beide Seiten, Stillschweigen gegenüber der Presse zu wahren.
Beschwingt und berauscht von der kommenden Machtfülle, verlassen alle sechs Verhandlungspartner den Konferenzraum.

Bahadir drängt es nach Hause. Dort, am Schreibtisch mit Blick ins Grüne, will er seine Gedanken neu ordnen. Er überläßt es Özdogan, die mit den Grünen ausgehandelte Übereinkunft in der Zentrale bekanntzugeben.
»Merhaba, Kerim!« begrüßt Laura ihren Mann an der Haustür. »Nasilsin?«
Bahadir ist verunsichert, denn er hat Laura nie gebeten, Türkisch zu reden oder zu lernen. »Hat dich wieder jemand geärgert?«
»Nein, aber nachdem unsere Kinder nur noch türkische Sender wie TRT oder TD1 sehen und türkische Musik hören, muß ich mich schließlich weiterbilden, um mit ihnen noch kommunizieren zu können.«
»Komm, laß uns gemeinsam Kaffee trinken.«
»Ich habe heute früh Frau Weißkopf angerufen und mich noch mal für die Einladung bedankt«, schallt es aus der Küche. Bahadir freut sich über ihr selbständiges Handeln auch auf dieser Ebene. Sie kann ja noch nichts wissen über die neue Entwicklung. Oder doch? Sieht sie die große Möglichkeit?
Bei süßem Gebäck und einer Tasse Kaffee erzählt

Kerim von der heutigen Unterredung mit den Grünen und hat dabei das Gefühl, beichten zu müssen.
»Der Kontakt mit dieser Partei lag so in der Luft, daß du auch vorher hättest mit mir reden können. Ich fände es angemessen, wenn du und deine Partei mit den angebotenen Ministersesseln zufrieden sein würdet.«
»Die Chance, Frau Bundeskanzler zu werden, kommt nicht so oft im Leben.«
»Ich habe dich als Rechtsanwalt geheiratet, und ich werde so lange zu dir stehen, wie ich das mit meinem Gewissen vereinbaren kann. Erwarte nicht von mir, daß ich alle diese Ideen deiner kombinierten Fundigruppen als Ehefrau mittrage. Eine Scheidung zu diesem Zeitpunkt könnte deiner Karriere sehr undienlich sein.«
Erregt stürmt sie aus dem Zimmer. Bahadir ist verblüfft. Wie hat er ihr Mitdenken so unterschätzen können, und in welchem Zwiespalt muß sie sich als Altdeutsche in den letzten Wochen gefühlt haben?
Er geht ihr in die Küche nach und versucht sie zu beschwichtigen. »Du wirst staunen; sollte es wirklich soweit kommen, werde ich von meiner Richtlinienkompetenz soweit wie möglich Gebrauch machen. Auch die Fundis, wie du sie nennst, werden staunen.«
Er nimmt sie in den Arm; sie lehnt ihre Stirn an seine Brust.
»Komm ins Wohnzimmer, die Nachrichten haben gerade begonnen!«
»... wie ein Pressesprecher mitteilte, hat der Bundespräsident den amtierenden Bundeskanzler Weiß-

kopf am Nachmittag zu einem Gespräch auf Schloß Bellevue empfangen und ihn beauftragt, die neue Regierung zu bilden.«
Laura sieht Kerim fragend an.
»Ich bin ziemlich sicher, daß die Grünen die Politik der Schwarzen nicht mehr unterstützen werden, und ohne die und ohne uns gibt es keine Mehrheit.«

Freitag, 19. Oktober

»Magst du einen Tee und Gebäck, Liebling?«
Bahadir glüht. Nicht unterbrechen, nicht den gedanklichen Faden verlieren. Er feilt an seinen Sätzen, verwirft schon zu Papier gebrachte Gedanken, ersetzt sie durch neue Ideen. Seine Antrittsrede nimmt Gestalt an.
Die Abendschau meldet neben den üblichen, wiederkehrenden Nachrichten wie einer Bombenexplosion in Nordirland, Brandrodungen im afrikanischen Urwald, Verschmutzung der Weltmeere und Absterben der Korallenriffe auch ein Gespräch des Kanzlers mit Vertretern der Grünen. Weiter verlautet, daß die SPD und die AP bereits Koalitionszusagen an den Kanzler abgegeben haben.

Samstag, 20. Oktober

Für den Nachmittag sind in allen größeren Städten Demonstrationen angesagt. »Gegen die Unterdrückung von Minderheiten – Azinhklara baski yapanlara karsi.«
Daß der Bundespräsident den alten Kanzler beauftragt hat, die Regierung zu bilden, obwohl er nur der zweitstärksten Partei angehört, empfinden die Wähler der ISU als ungerecht. Die ungeplanten und somit auch nicht genehmigten Demos werden von der Polizei gestoppt. In Berlin gelingt es ein paar tausend Demonstranten, die »Bannmeile« um das Regierungsviertel zu durchqueren und zum Bundeskanzleramt vorzudringen. Als die ersten Steinwürfe die unteren Fenster zu treffen drohen, setzt die Polizei Wasserwerfer und Gummigeschosse ein, um die Demonstranten zu zerstreuen.
Am Abend scheinen die Stadtteilkämpfe, die so überraschend vor einem Vierteljahr beendet schienen, wieder aufzuflammen. Rechtsgerichtete Gruppen fahren durch Türkenviertel und werfen von Lastwagen aus Schaufenster ein.

Sonntag, 21. Oktober

Um neun Uhr früh wird ein starker Bus- und Lastwagenverkehr aus dem Ruhrgebiet Richtung Berlin gemeldet. Die Autobahnpolizei kann eine Reihe Lkw, beladen mit jungen, türkischsprechenden Männern, am Autobahndreieck Werder zum Halten bringen. Die große Mehrheit der Fahrzeuge bewegt sich weiter auf dem westlichen Berliner Ring und nähert sich auf der B 5, der alten Heerstraße, Berliner Stadtgebiet. Nachfolgende Wagen, über Funk gewarnt, verlassen die Autobahnausfahrt Brandenburg und fahren auf der parallel laufenden B 1 durch Potsdam, wechseln auf der Auffahrt Zehlendorf wieder auf die Autobahn und sammeln sich auf der Avus.

9.30 Uhr. Die ersten Fahrzeuge der beiden von der Avus und von der Heerstraße kommenden Kolonnen stoßen auf dem Kaiserdamm wieder zusammen. Der Polizei, ausgerüstet mit leichtgepanzerten Mannschaftswagen und Wasserwerfern, gelingt es fünfzehn Minuten lang, die Kolonnen am Weiterfahren zu hindern. Die Polizei begreift zu spät, daß es sich nicht um eine Verstärkung für die Demonstranten handelt, sondern um mit Gewehren und Sprengstoff ausgerüstete Kämpfer. Unter hohen

Verlusten zieht sich die Polizei in die Nebenstraßen zurück.
10 Uhr. Der wieder vereinigte Wagenverband rollt weiter auf der Straße des 17. Juni und trifft dort zweihundert Meter hinter der Siegessäule auf gepanzerte Fahrzeuge des Bundesgrenzschutzes. Maschinengewehrfeuer stoppt den Vormarsch. Hintere Wagen schwärmen von der Straße in die Wäldchen des Tiergartengeländes aus, werden durch Maschinengewehrsalven am Weiterfahren gehindert. Ein Stellungskampf beginnt.
18 Uhr MEZ. United Press meldet, daß die Türkei und acht weitere islamische Staaten den UN-Sicherheitsrat angerufen haben und eine sofortige Einstellung der Kämpfe fordern.

Montag, 22. Oktober

Hat Bahadir seine Partei nicht mehr im Griff? Özdogan und zwei weitere Mitglieder der Milli-Görüs-Vereinigung hatten zugegeben, von den Demonstrationen am Vorabend gewußt zu haben, nicht aber von diesem militanten Angriff. Am Vormittag wird Bahadir vom Präsidenten angerufen und zu einem Gespräch am Dienstag eingeladen.
In der Zwischenzeit, am Montag nachmittag, hält die ISU in ihrer Parteizentrale eine Pressekonferenz ab. Bahadir versichert in dem Interview allen türkischsprachigen Deutschen, daß die Regierungsbildung einen vollkommen demokratischen, legalen Verlauf nehmen werde und jede militante Handlung unnötig und schädlich sei.
Am Abend geben die Nachrichten weiter bekannt, daß Dr. Weißkopf keine Aussicht sieht, eine Mehrheit zu erlangen, und deshalb den Auftrag zur Bildung einer Regierung an den Bundespräsidenten zurückgibt.

Dienstag, 23. Oktober

Die Kämpfe im Tiergartenbereich wurden beendet; zurück bleiben an die zweihundert Tote auf beiden Seiten.
Um zehn Uhr wird Bahadir vom Präsidenten auf Schloß Bellevue empfangen. In einem langen Gespräch, das mehr und mehr von seiner anfänglichen Sprödigkeit verliert, erläutert Bahadir seine Ziele und versichert, daß seine Politik sich immer im Rahmen des Grundgesetzes bewegen wird. Er kennt das Grundgesetz und weiß, daß Deutsch nicht alleinige Amtssprache bleiben muß; es ist nämlich überhaupt keine Sprache erwähnt.
19 Uhr MEZ. Der Sicherheitsrat in New York hat getagt, konnte sich jedoch zu keiner Resolution entschließen.

Donnerstag/Freitag, 25./26. Oktober

ISU und Grüne einigen sich auf einer zweitägigen Sitzung über die Verteilung der Ministerposten.

Mittwoch, 31. Oktober

Die Bundestagspräsidentin hat den neugewählten Bundestag verfassungsgemäß innerhalb von dreißig Tagen nach der Wahl für den 31. Oktober einberufen.

Der vom Präsidenten vorgeschlagene Vorsitzende der stärksten Partei, Bahadir, wird ohne Aussprache des Bundestages von den Abgeordneten mit 301 Jastimmen gegen 292 Neinstimmen bei zwei Enthaltungen zum neuen Bundeskanzler gewählt.

Samstag, 3. November

Bachmeier hat das Bedürfnis, wieder einmal allein zu sein. Sein Verhältnis mit Maria hat er in den letzten Wochen bewußt schleifen lassen, die Abstände zwischen den einzelnen Treffs größer werden lassen. Es reicht einfach nicht. Auch wenn die Beziehung in sexueller Hinsicht stimmt, so nervt ihn das Unterhalten über Banales mehr und mehr.
Von München aus hat er am Mittwoch Gretl angerufen. Wieder der leichte, gespielte oder ernst gemeinte Vorwurf, warum er sich so lange nicht gemeldet habe. Natürlich kennt er die alten Sprüche – oder sind es schon Volksweisheiten –, niemals eine alte Beziehung aufwärmen zu wollen. Aber es ist ja noch nie eine richtige Beziehung gewesen. Oder sollte er sie doch als die für ihn nie erreichbare Frau akzeptieren, entsprechend dem Bonmot eines erfahrenen Lebenskünstlers, der behauptete, ein Mann brauche eine Frau für den Haushalt, eine weitere für das Bett und eine Idealgestalt, engelsgleich, immer umworben und nie zu erreichen?

Samstag abend, Peter Bachmeier fährt von seinem Hof, zu dem er am Freitag nachmittag von München

aus gekommen ist, nach Zwiesel und klingelt pünktlich um halb acht an Gretls Wohnung.
Sie läßt ihn nach oben in die Wohnung kommen, dreht ihr Köpfchen nach rechts, nach links und erhält den erwarteten, auf die Wange gehauchten Kuß, so wie er halt bei altbekannten, aber wiederum nicht so intimen Freunden üblich ist.
Sie ist ausgehbereit. Warum hat sie eine lange schwarze Hose an, die auf ihn unvorteilhaft wirkt? Freundlich, aber kaum ein längerer, lächelnder Blick, der ihn früher immer verhext hat. Warum hat sie überhaupt zu diesem Essen zugesagt?
Sie fahren zum Restaurant und lassen sich zu ihrem vorbestellten Tisch führen. Es ist ein schöner Ecktisch, Peter zieht für Gretl den an einer Wand stehenden Stuhl mit Blick in den Raum zurecht. Sie nimmt Platz, und Peter setzt sich über Eck zu ihr, ebenfalls mit Blickrichtung Raum. Daraufhin erhebt sich Gretl wieder und nimmt den Stuhl ihm gegenüber ein. Unausgesprochen bleiben beider Beweggründe. Ermöglicht das Übereckstizen nicht, wenn die Stimmung es erlaubt, ein etwas intensiveres Flirten? Ein behutsames Berühren der Fingerspitzen, ein Streicheln der Hand oder vielleicht ein Anlehnen der Knie?
Der wortlose Affront bleibt immer noch unter Peters Reiz- oder Ansprechschwelle, so daß eine reinigende Aussprache, zu diesem Zeitpunkt sicherlich mit negativem Ausgang, ausbleibt. Gretls freundliches Blabla während des Essens ändert sich auf der Fahrt zu ihrer Wohnung, als sie merkt, daß seine rasante Fahrweise Ausdruck seines Zornes über den Verlauf dieses Abends ist.

Er schweigt bis zum Zeitpunkt des Adieusagens, denn ihm ist bewußt, daß eine intime Partnerschaft mit ihr nie mehr möglich sein wird. Selbst wenn sie ihre Meinung oder ihr Gefühl ändern würde oder ändern könnte, stünde sein Ärger über jahrelange Erfolglosigkeit einem unbeschwerten Leben mit ihr im Wege.
Ein letztes Mißverständnis: Ein beim Aufwiedersehensagen von ihm beabsichtigter, sonst beim Nachhausefahren anderer Frauen nicht unüblicher Abschiedskuß wird von Gretl, wahrscheinlich diesen als Annäherungsversuch mißdeutend, zurückgewiesen.
Peter fährt zurück auf seinen Hof. Er fühlt sich erleichtert, weil dieses Kapitel, diese Begegnung nun endgültig abgeschlossen ist.
Denkt er.
Warum nur kreisen die Gedanken, nicht beherrschbar durch den Verstand, verdammt, trotzdem weiter um SIE, als Phantombild seiner Phantasie? Seine momentane Unausgeglichenheit, gepaart mit seiner ohnehin seit langem bestehenden Einschlafschwierigkeit, läßt ihn nicht zur Ruhe kommen.

Sonntag morgen. Peter Bachmeier versucht, sein Inneres durch das Hören von Musik zu glätten. Eigenartig, warum bevorzugt er gerade immer an Sonntagvormittagen Orgelkonzerte von Bach?
Es reicht nicht. Körperlich betätigen, das ist es, was ihm fehlt. Er zieht sich einen alten Pullover an und geht an diesem grauen und feuchten Novembertag hinter das Haus. Dort steht ein großer, alter Holzklotz, daneben eine auf den Boden gekippte Fuhre von schon auf Länge gesägten Birken-, Ahorn- und

Eibenhölzern, und es macht ihm zunehmend Spaß, das Holz, schwitzend und dampfend in der kalten Luft, mit der Axt kamingerecht zu spalten.
Sein Handy auf der Fensterbank holt ihn in das 21. Jahrhundert zurück. Seine Schwester Laura fragt ihn, wie es ihm gehe, aber er spürt gleich, daß sie das Bedürfnis hat, sich mitzuteilen.
»Schwesterchen, deine Stimme klingt gar nicht mehr so euphorisch wie vor vier Tagen, als Kerim im Parlament die Mehrheit erhielt und du als Frau Bundeskanzler feststandest. Wer ärgert dich?«
Er setzt sich an den Küchentisch, denn es scheint ein längeres Gespräch zu werden.
»Ach, wir hatten gestern abend ein Treffen aller Berliner ISU-Abgeordneten zusammen mit ihren Frauen und dem ISU-Vorstand in der Parteizentrale in Kreuzberg. Nur, wenn Frau Karakas nicht gewesen wäre, dann hätte ich mich überhaupt nicht unterhalten können. Stell dir vor, die haben mich einfach Türkisch angeredet und waren überhaupt nicht bereit, mit mir deutsch zu reden. Kerim hat gemeint, das sei kein Affront gegen mich; die könnten halt kein Deutsch.
Frau Ergün sagte, sie, die Abgeordneten, wollten in der kommenden Legislaturperiode durchsetzen, daß auch Türkisch Amtssprache werde. Schließlich seien die Schweiz und Belgien ja auch mehrsprachig.«
Laura mußte sich erst drei, vier Sekunden erholen; jetzt konnte Peter ihr auch nicht mehr helfen.
»Kerim hat sich auch verändert. Freitag nachmittag hat er sich mit Milli-Görüs-Typen in der neuen Mevlana-Moschee getroffen.«

»Da kann ich dich beruhigen. Das tut er nur, um seine verschiedenen Gruppen zusammenzuhalten.«
»Stell dir vor, selbst meine Kinder sprechen mehr und mehr Türkisch. Erci, der Älteste, will nach Ankara gehen und da studieren, und Kerim ist einverstanden.«
»Laß ihn gehen. Er kommt mit Sicherheit wieder zurück. Du mußt jetzt an der Seite von Kerim stehen und repräsentieren. Du sprichst so gut Französisch und Englisch. Du bist die richtige Frau an dieser Stelle.«
»Ich fühle mich so unwohl und unsicher in diesen Fundamentalistenkreisen, die ich vorher nie kannte.«
»Hör auf, denen in den Hintern zu kriechen, verdammt noch mal! Leb wohl.«
Peter Bachmeier knallt das Handy gegen die Wand. Er steht langsam auf, wandert durch das Haus. Sein Zorn macht Niedergeschlagenheit Platz. Der Blick fällt auf den lächelnden, dickbauchigen buddhistischen Mönch; sein Grinsen widert ihn an. Der Blick aber, den Beethoven ihm grimmig von der Wand wirft, läßt seine Widerstandskraft wachsen. Das Fünfte Klavierkonzert, wie oft hat er es schon gehört? Er legt die CD ein. Das heroische Hauptthema in der Mitte des ersten Satzes läßt ihn wieder energischer durchs Zimmer marschieren bis zum Beginn des zweiten Satzes. Er schaut zum Fenster hinaus, meditierend, wolkenverhangener Novemberhimmel. Dann das Finale, Überschwang, Bewegungsfreude, Esprit und Eleganz, Peter Bachmeier hat sich wieder gefangen.

Montag, 5. November

Der Bundespräsident vereidigt den neuen Kanzler mit seinen Ministern.

Dienstag, 6. November

Bachmeier ist allein auf seinem Hof im Bayerischen Wald. Am Montag vormittag hat er sowohl seinen Chef als auch seine Sekretärin angerufen und ihnen mitgeteilt, daß er sich nicht wohl fühle und die nächsten Tage nicht in die Firma kommen könne. Da Bachmeier nur selten krank war in seinem Leben, war es, wenn er es sagte, auch unzweifelhaft.
Die Presse hatte die Antrittsrede des neuen Bundeskanzlers für Dienstag morgen, zehn Uhr, angekündigt, so daß Bachmeier sein Frühstück für diese Zeit in der Küche hergerichtet und den Empfang auf den Küchenbildschirm gelegt hat. Die Ansagerin der ARD kündigt das Umschalten in den Bundestag an; die Kamera schwenkt zuerst auf die Zuschauer-

tribüne, die bis auf den letzten Platz, hauptsächlich von in- und ausländischen Journalisten, gefüllt ist, und selbst der Plenarsaal zeigt das ungewohnte Bild eines vollständig versammelten Bundestages.
Die Präsidentin des Bundestages erteilt das Wort dem neugewählten Kanzler. Bachmeier sieht, wie sein Schwager zum Rednerpult schreitet und zu seiner Antrittsrede ansetzt:

»Verehrte Präsidentin, meine Damen und Herren!
Die Skepsis, mit der ich vielleicht von der Mehrheit des Volkes beargwöhnt werde, kann ich verstehen. Um diese Vorbehalte abzubauen, möchte ich Ihnen versichern, daß mein Handeln sich immer im Rahmen des Grundgesetzes bewegen wird.
Das Abendland wird durch meine Regierung nicht untergehen; im Gegenteil, vielleicht gelingt es uns, eine Wende herbeizuführen, weg vom stetigen Abstieg während des letzten halben Jahrhunderts in bezug auf Wohlstand und Wirtschaftskraft, vom schwindenden politischen Gewicht und vom Verlust wissenschaftlicher Kompetenz.«
Bachmeier ist verblüfft. Das Wort Wissenschaft aus dem Munde eines Advokaten, der einen Grünen zum Wissenschaftsminister macht?
»Bevor ich jedoch auf unser Programm und die Ziele in den einzelnen Fachbereichen zu sprechen komme«, fährt der neue Kanzler fort, »möchte ich das Wagnis eingehen, einige Gedanken nicht gerade zur Lage, sondern zum Geist unserer Nation zu sagen.
Unsere Gesellschaft ist krank!

Orientierungslosigkeit, hauptsächlich bei der Jugend, läßt den Sinn des Lebens vergebens im Rausch der Erlebniswelt suchen: Drogen, exzessiver Sex, Vandalismus, zunehmende Kriminalität. Glück oder innere Zufriedenheit lassen sich aber eher finden im Geben, im Arbeiten, im Leben für eigene Kinder, für die Mitmenschen.

Leben nun gläubige Menschen oder Menschen mit einer ausgeprägten Ideologie, sei es nun der alte Kommunismus oder das überhöhte Ansehen des Nationalstaates, glücklicher? Das Eintreten für gemeinsame Ideale gäbe der Jugend mehr Halt, mehr Zusammenhalt und würde den abstürzenden Weg in die totale Individualität bremsen. Jugendliche mit starker Persönlichkeit können sich mit diesem hohen Maß an Freiheit zurechtfinden; die Mehrheit der Jugendlichen aber braucht mehr Führung!

Auch wenn uns unsere Verfassung eine Trennung von Staat und Kirche garantiert, so erlaube ich mir zu sagen, daß der Staat sich starke Partner wünscht, Religionen, die mithelfen, die Gesellschaft zu tragen.«

Das Schlitzohr, denkt Bachmeier, will seinen Islam noch weiter in den Vordergrund schieben.

»Während die jüngere und vitalere der beiden Religionen, der Islam, diesen Einfluß noch besitzt, hat die christliche Kirche ihre Gläubigen zum großen Teil verloren. Ihre Einflußnahme auf Willensbildung und Sinngebung hat sich genauso dramatisch vermindert wie ihre finanziellen Einnahmen nach der Abschaffung der durch den Staat erhobenen Kirchensteuer. Aber nicht das Geld ist es, das der christ-

lichen Kirche im Überlebenskampf helfen könnte. Es ist der Geist, die Begeisterung, die Überzeugung für die Lehre oder die Ideologie.
Das Abendland hat eine Fülle gottbejahender Philosophen hervorgebracht. Und was mutet die katholische Kirche ihren modern denkenden Noch-Christen an kindlichen Glaubenssätzen und Dogmen zu?
Neben der individuellen Moral steht die Ethik des politischen Handelns. Wenn wir von Rangeleien um Zuschüsse oder Marktanteile absehen, so haben wir, die europäischen Staaten, in den letzten hundert Jahren nach vertretbaren ethischen Vorstellungen gehandelt. Historisch, das heißt im Maßstab der Menschheitsgeschichte betrachtet, haben wir in den letzten hundert Jahren keine Eroberungskriege geführt, keinen Sklavenhandel betrieben, keine Kolonien gebildet. Wir haben in vielen Gebieten der Erde versucht, mit Eingreiftruppen uneigennützig Streit zu schlichten, wir haben Millionen Tonnen Lebensmittel und Medikamente für die ärmsten Länder gespendet, im Abstand von einigen Jahren Schulden erlassen …
Und trotzdem steht die Welt am Abgrund.
Elf Milliarden Menschen bevölkern die Erde, Tendenz weiter steigend. Die Meere sind überfischt, und die Fangmenge beträgt nur noch zehn Prozent der Menge um die Jahrtausendwende. Die Anbauflächen sind zwar auf Kosten der Regenwälder vergrößert worden, dafür aber verkarsten andere Landstriche. Megastädte haben zuwenig Trinkwasser; Hungersnöte treten nicht mehr sporadisch auf, sondern bestehen permanent; Verteilungskämpfe um Wasser und Land nehmen zu.

Das alles haben unsere Poliker vor zwei, drei Generationen bereits gewußt. Sie haben sich versteckt hinter den eben erwähnten humanen Handlungen. Wer nur gefühlsmäßig hilft ohne Einschaltung von mathematischem Denken, der kann mehr Leid hervorrufen als mildern.
Ähnliches gilt für unsere Religionen. Wenn der Papst und wenn die Imame noch heute gegen eine Geburtenregelung kämpfen und so die Anzahl der Seelen ihrer Glaubensgemeinschaften zu maximieren trachten, so verstoßen sie gegen das Weltethos. Dieses Ethos, das im Jahre 1993 auf der Basis ethischer Vorstellungen aller Weltreligionen durch ein Parlament von Religionsvertretern aus der Taufe gehoben wurde und seit zwei Jahrzehnten neben den Menschenrechten die Grundlage aller UN-Handlungen ist, spricht in der ersten von vier ›Weisungen‹ auch von der Sorge um den Planeten Erde.«
»Donnerwetter, das kann ihn die Gefolgschaft in seiner eigenen Partei kosten, zumindest wird die Front zwischen wenigen, so modern denkenden Muslimen und den Fundamentalisten tiefer. Bei den sogenannten Christen ist dies weniger wichtig, schließlich kümmert sich ohnehin kaum jemand um das Wort von der Kanzel.«
»Die Spezies Mensch überwuchert den Globus und erdrückt und vernichtet Flora und Fauna. Aus der großen Vielfalt bleibt ein kleiner Rest von für den Menschen nützlichen Pflanzen und Tieren übrig.
Auf diesen Punkt werde ich noch bei der Vorstellung des Etats für das Entwicklungsministerium zu sprechen kommen.

Diese Gedanken, meine Damen und Herren, mußte ich vorausschicken, da sie Einfluß gewinnen können auf Gesetze, eine neue Steuerpolitik und unsere Zusammenarbeit mit befreundeten und weniger befreundeten Staaten.«

Bahadir legt eine kurze Pause ein, greift zum Glas Wasser. Verhaltenes Klatschen zuerst auf der linken Seite, ein Vorklatscher von rechts, und dann kommt Beifall von allen Bänken.
»Kommen wir jetzt zu den Ressorts, deren Gewichtung und Aufgaben neu zu definieren und zu planen sind: Der Etat für das Verteidigungsministerium wird gekürzt und die Berufsarmee erheblich reduziert. Gemeinsam mit unseren Partnern werden wir die NATO wegen eines fehlenden Feindes auflösen oder aus dieser Verteidigungsgemeinschaft austreten. Den Anforderungen der OSZE werden wir mit weniger finanziellen Mitteln nachkommen können. Wir, West- und Mitteleuropa, haben gerade fünf Prozent der Weltbevölkerung und maßen uns an, gemeinsam mit Nordamerika Weltpolizei spielen zu müssen. Da auch die Wirtschaftskraft sich in den Fernen Osten verlagert hat, übergeben wir die Hauptverantwortung an diese das anbrechende Jahrtausend beherrschenden und prägenden Völker. Der Bau und die Entwicklung neuer Fregatten, neuer Panzer und Jagdflugzeuge wird, zumindest für absehbare Zeit, eingestellt. Dafür werden leichtbewaffnete Truppen mithelfen, die Grenzen der Europäischen Union im Süden und im Osten zu schützen. Wir müssen erkennen, daß die Taktik der Krieg-

führung sich gegenüber dem letzten Jahrtausend geändert hat. Nicht hochtechnologisch gerüstete Armeen stehen vor unseren Grenzen, sondern Millionen von Habenichtsen aus den Slums der Megastädte, die zu uns wollen. Wir haben das Recht auf Selbstverteidigung.
Ein größerer Teil des im Verteidigungsetat eingesparten Geldes kommt dem Innenministerium zugute. Der Bundesgrenzschutz wird beträchtlich aufgestockt, einmal zur Sicherung der deutschen Grenzen, Häfen und Flughäfen, des weiteren zur Erhaltung der Ordnung in den Städten. Immer häufiger, mit eskalierender Tendenz, treten Aufstände in Stadtvierteln und Kämpfe zwischen ethnischen Gruppen auf, die hoffentlich nicht eines Tages zu einem echten Bürgerkrieg führen werden.«
Du kannst ja auch schlecht sagen, ärgert sich Bachmeier, daß es die eigenen Landsleute sind, die eine Assimilation mit Deutschen ablehnen, Minderheitenrechte geltend machen, auf dem Gebrauch ihrer Sprache bestehen und eine Antigesellschaft aufbauen. Bachmeier geht ins Wohnzimmer und gießt sich, was er sonst gelegentlich nur abends getan hat, einen Cognac ein. Widerwillig nur schaltet er den Empfang auf den Bildschirm im Wohnzimmer um und hört seinen Schwager, jetzt immer munterer werdend, sagen:
»... werden die Interessen der Frauen, der Jugend, der Senioren in einem Ministerium für Familie zusammengefaßt. In der Menschheitsgeschichte war immer die Familie die kleinste Einheit des Staates oder des Stammes. Es darf nicht sein, daß Interes-

senvertreter und Lobbyisten, dazu gehören auch die Feministinnen, zum Schaden der Familie, zum Schaden der Allgemeinheit, den Fortbestand des Staates gefährdend, nur ihre eigenen Vorteile sehen.«

Hier setzt zum erstenmal Beifall von der rechten Seite ein, der sich bis zur Mitte ausbreitet. Ob dieser Punkt mit dem Koalitionspartner, den Grünen, so abgesprochen ist? Bachmeier denkt an Vanessa, seine frühere Partnerin, und an Julia, die Frau seines Freundes Hausmann, die ihr Glück in Selbstverwirklichung suchen und vielleicht zu spät erkennen werden, daß sie nur von Jahr zu Jahr unzufriedener werden. Sicherlich hat Bahadir beim Vorbereiten seiner Rede auch an sie gedacht. Bachmeiers Gedanken schweifen ab und klinken sich von Zeit zu Zeit wieder in die Rede ein.

»... bedaure ich den Entschluß von Spanien und Portugal, aus der Europäischen Union auszutreten und sich wieder Richtung Südamerika, hin zu ihren alten Kolonien, zu orientieren mit der Entschuldigung und dem Vorwurf, Deutschland wende sich zu stark dem Osten zu. Nachdem beide Länder ein Dreivierteljahrhundert Jahr für Jahr mehr Geld aus der EU-Gemeinschaftskasse erhalten, als sie eingezahlt haben, ist es nicht gerade fair, dann auszusteigen, wenn sie auch zu Nettozahlern werden könnten.«

In der Politik auf Fairneß zu vertrauen, ist schon sehr blauäugig gedacht, melden sich Bachmeiers Gedanken. Aber schließlich ist das hier nicht sein Verschulden. Auch England als zeitweiliges Mitglied ist schon seit Jahren wieder draußen und fühlt sich als Juniorpartner der gleichsprachigen USA wohler.

»Kommen wir zum Thema Entwicklungshilfe. Auch hier sollten die jungen, neureichen Länder uns, die alten, bildlich gesprochen schon am Stock gehenden Länder, die sich selbst kaum mehr helfen können, langsam ablösen.
Trotzdem wollen wir noch gezielt den Ländern helfen, die eine Geburtenrate von zwei Kindern pro Paar vorweisen können.
Nehmen wir China als Beispiel. Dieses Land hat seit Jahrzehnten eine strikte Bevölkerungspolitik und ist heute, ohne fremde Hilfe, das wirtschaftlich stärkste und größte Land der Erde.
So, und nur so, ist es möglich, ein Land aus Elend und Chaos zu ziehen.
Ende des letzten Jahrhunderts entbrannte der akademische Streit, ob wir das Ziel erreichen: weniger Menschen, dadurch weniger Armut, oder umgekehrt, zuerst weniger Armut, dadurch weniger Menschen.
Heute wissen wir, daß hauptsächlich die Megastädte in der Zweiten und Dritten Welt gewaltig gewachsen sind. Können Sie sich die Summe vorstellen, die allein eine der bis zu fünfunddreißig Millionen Einwohner zählenden Städte wie Mexiko-City oder Kairo oder Kalkutta brauchen würde, um Slums zu beseitigen, um Arbeitsplätze für Millionen zu schaffen, die dann allmählich einen höheren Lebensstandard erreichen könnten, einen Lebensstil ähnlich dem in Westeuropa, der dann ebenfalls eine niedrigere Geburtenrate erwarten ließe?

Aus der Erkenntnis heraus, daß acht Prozent der Erdbevölkerung, nämlich Westeuropa und Nordamerika, nicht das Elend der Welt durch Spenden beseitigen können, wird unsere Regierung im kommenden Jahr eine Reihe menschlich harter, aber mathematisch zwingender Gespräche mit Vertretern südlicher Staaten führen müssen.«

Peter Bachmeiers innere Unruhe treibt ihn im Zimmer umher. Wie sinnvoll ist seine Arbeit noch? Ein Cognac gibt ihm neue Kraft. Aus dem CD-Fach wählt er Brahms' Sinfonie Nummer vier in e-Moll, die letzte von dessen Sinfonien. Brahms wußte, dieses Werk ist für ihn nicht mehr steigerungsfähig, er wandte sich, im geistigen Sinne, vom Leben ab. Bachmeier spürt in dieser Musik die Tragik im Kampf um Leben und Tod. Er vernimmt nicht mehr seines Schwagers Abschlußworte:
»Bauen wir unsere ständigen Selbstzweifel ab. Hören wir in Deutschland auf, uns schuldig zu fühlen für alles Unglück dieser Welt.
Wenn Sie, die Altdeutschen oder Alteuropäer, nicht mehr fortpflanzungswillig sind, sei es aus falschen ethischen Gründen, aus praktisch-egoistischen oder aus biologischen Gründen, dann wird sich auf Ihrer alten Kulturgemeinschaft Abendland eine neue Gemeinschaft aufbauen. Wenn Sie zurücktreten aus der vordersten Reihe, so wie es vor Ihnen Ägypter, Griechen und Römer taten, so werden Sie, der Menschheit als Vorbild dienend, den Staffelstab in Würde weiterreichen.«
Diese mit Spannung erwartete Antrittsrede des neuen Bundeskanzlers wird in der Weltpresse als ein

markanter Wendepunkt europäischer Geschichte und als Beginn des dritten Jahrtausends gewürdigt.

Ein Schatten fällt auf die geglückte programmatische Rede des neuen Kanzlers.
Wie die Presse berichtet, verunglückte sein Schwager Peter Bachmeier einen Tag nach dem Amtsantritt tödlich. Beim Wandern im Bayerischen Wald stürzte er unterhalb vom Gipfel des Kleinen Rachel von einem Felsen.

Nachwort

Wie in der Technik, so bewegt sich der Roman auch bei Schätzungen im Bereich der Weltbevölkerung und der Megastädte im Rahmen internationaler Zukunftsstudien.
Die erste Graphik des Anhangs zeigt im unteren Bereich die Kurve der Wachstumsrate der Erdbevölkerung, die etwa bis zum Jahre 2200 langsam auf Null abfallen wird. Eine Wachstumsrate von Null bedeutet, daß im Durchschnitt jede Frau nicht mehr als zwei Kinder zur Welt bringen darf (Total Fertility Rate, TFR, exakt 2,13 Kinder aufgrund der Kindersterblichkeit).
Auch wenn die Wachstumsrate sinkt, so steigt natürlich die absolute Zahl der Bevölkerung weiter an, bis sie, nach Schätzungen der Vereinten Nationen, im Jahre 2200 ihren Höchststand erreicht haben wird (obere Kurvenschar).
Anzunehmen ist, daß die gezeigte Graphik bereits überholt ist, da schon im Jahre 2000 die Sechs-Milliarden-Marke überschritten sein wird.

Der Anteil der Bevölkerung in Europa wird im Verhältnis zur Weltbevölkerung unbedeutend.

Die Bevölkerungsentwicklung in Deutschland wird verstärkt von der Politik kommender Regierungen abhängen; einmal hinsichtlich deren Standhaftigkeit gegenüber dem Druck der Menschenmassen von außen und zum anderen von den Sozialgesetzen hinsichtlich Kindergeld, Anrechnung von Erziehungsjahren bei der Rente usw.

Die zweite Graphik ist der Versuch, die Bevölkerung in Deutschland unter den Annahmen darzustellen, daß die Geburtenrate der »altdeutschen« Bevölkerung bei 1,2 bis 1,3 Kindern stagniert und daß eine gemäßigte Einwanderung stattfindet.

Hoffen wir, daß keine nichtintegrierte Parallelgesellschaft mit einer möglicherweise demonstrativ herausgestellten anderen Religion entsteht und daß der von Huntington prophezeite »Clash of Civilizations« in unserem Lande nicht unausweichlich wird!

Schaubild 1:
Weltbevölkerungsentwicklung von 1750 bis ins 21. Jahrhundert

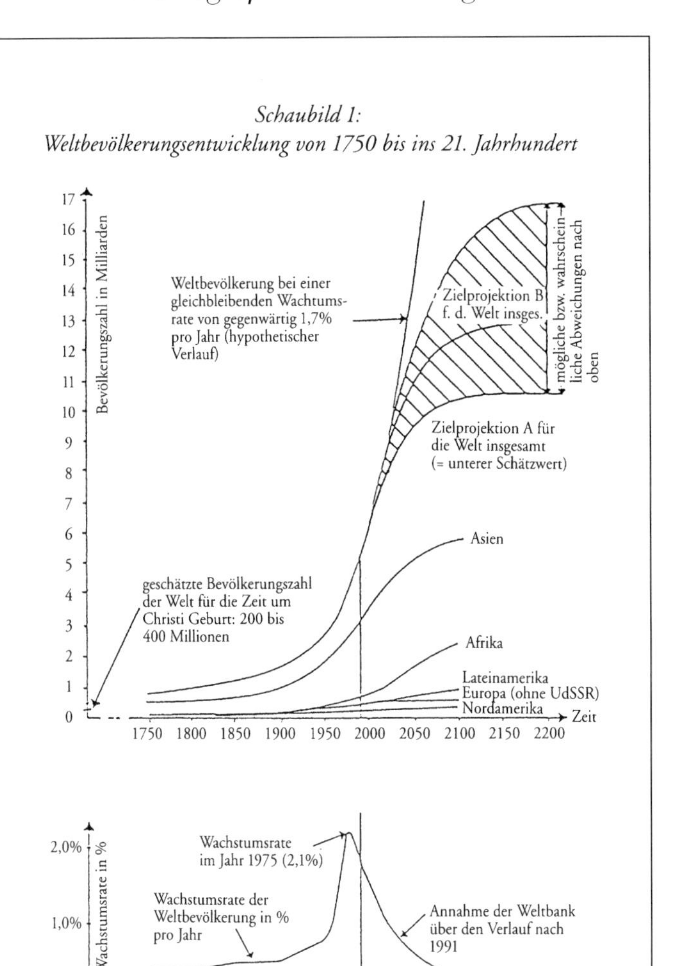

United Nations (Ed.): Long-range World Population Projections. Two Centuries of Population Growth 1950–2150. Population Studies No. 125. New York 1992.

Bevölkerungsprognose für Deutschland

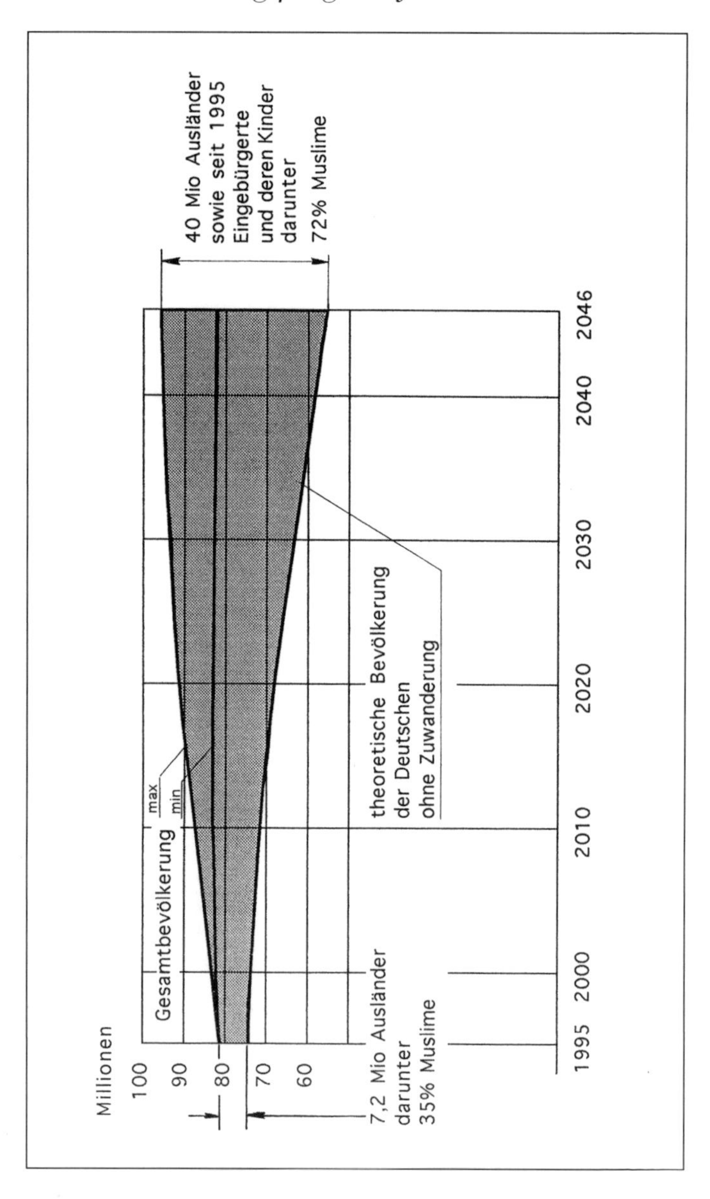

Literaturhinweise

Colpe, Carsten: Problem Islam. Frankfurt/Main, Athenäum 1989

Gruhl, Herbert: Ein Planet wird geplündert – Die Schreckensbilanz unserer Politik. Frankfurt/Main, Fischer 1978

Hamidullah, Muhammad: Der Islam – Geschichte, Religion, Kultur. München, Islamisches Zentrum 1991

Islamisches Zentrum München: Al Islam – Zeitschrift von Muslimen in Deutschland

Islamische Gemeinschaft Milli Görüs Köln: Perspektive – Zeitschrift der IGMG

Islamisches Zentrum Hamburg: Al Fadschr – Die Morgendämmerung

Küng, Hans: Existiert Gott? – Antwort auf die Gottesfrage der Neuzeit. München, Piper 1995

Küng, Hans / Kuschel, Franz-Josef: Erklärung zum Weltethos. München, Piper 1993

Münz, Rainer / Seifert, Wolfgang / Ulrich, Ralf: Zuwanderung nach Deutschland – Strukturen, Wirkungen, Perspektiven. Frankfurt/Main, New York, Campus 1997

Nuscheler, Franz / Fürlinger, Ernst: Weniger Menschen durch weniger Armut? – Bevölkerungswachstum. Salzburg, Anton Pustet 1994

Schimmel, Annemarie: Der Islam – Eine Einführung. Stuttgart, Reclam 1995

Statistisches Bundesamt: Statistisches Jahrbuch der BRD – Die Bevölkerung der Bundesrepublik (Jahresende 1995)

Tibi, Bassam: Der religiöse Fundamentalismus im Übergang zum 21. Jahrhundert. Mannheim, Leipzig, Meyers Forum 1995